遇见

张晓风

经典美文

四川人民出版社

| 目录 |
Contents

年年岁岁岁岁年年

遇　见

有个叫"时间"的家伙走过

初　雪

花之笔记

回首风烟

Chapter1
年年岁岁岁岁年年

一向以为自己爱的是空间，是山河，是巷陌，是天涯，是灯光晕染出来的一方暖意，是小小陶钵里的『有容』。

然后才发现自己也爱时间，爱与世间人『天涯共此时』。

一个女人的爱情观

忽然发现自己的爱情观很土气，忍不住笑了起来。

对我而言，爱一个人就是满心满意要跟他一起"过日子"，天地鸿蒙荒凉，我们不能妄想把自己扩充为六合八方的空间，只希望以彼此的火烬把属于两人的一世时间填满。

客居岁月，暮色里归来，看见有人当街亲热，竟也视若无睹，但每看到一对人手牵手提着一把青菜、一条鱼从菜场走出来，一颗心就忍不住恻恻地痛了起来，一蔬一饭里的天长地久原是如此味永难言啊！相拥的那一对也许今晚就分手，但一鼎一镬里却有其朝朝暮暮的恩情啊！

爱一个人原来就只是在冰箱里为他留一只苹果，并且等他归来。

爱一个人就是在寒冷的夜里不断在他的杯子里斟上刚沸的热水。

爱一个人就是喜欢两人一起收尽桌上的残肴，并且听他在水槽里刷碗的音乐——事后再偷偷把他不曾洗干净的地方重洗一遍。

爱一个人就有权利霸道地说：

"不要穿那件衣服，难看死了，穿这件，这是我给你新买的。"

爱一个人就是一本正经地催他去工作，却又忍不住躲在他身后想捣几次小小的蛋。

爱一个人就是在拨通电话时忽然不知道要说什么，才知道原来只是想听听那熟悉的声音。原来真正想拨通的，只是自己心底的一根弦。

爱一个人就是把他的信藏在皮包里，一日拿出来看几回、哭几回、痴想几回。

爱一个人就是在他迟归时想上一千种坏的可能，在想象中经历万般劫难，发誓等他回来要好好罚他，一旦见面却又什么都忘了。

爱一个人就是在众人暗骂"讨厌！谁在咳嗽！"时，你却急道："唉，唉，他这人就是记性坏啊，我该买一瓶川贝枇杷膏放在他的背包里的！"

爱一个人就是上一刻钟想把美丽的恋情像冬季的松鼠秘藏坚果一般，将之一一放在最隐秘、最安妥的树洞里，下一刻钟却又想告诉全世界这骄傲自豪的消息。

爱一个人就是在他的头衔、地位、学历、经历、善行、劣迹之外，看出真正的他不过是个孩子——好孩子或坏孩子——所以疼了他。

也因此，爱一个人就喜欢听他儿时的故事，喜欢听他有几次大难不死，听他如何淘气惹人厌、怎样善于玩弹珠或打"水漂漂"，爱一个人就是忍不住替他记住了许多往事。

爱一个人就不免希望自己更美丽，希望自己被记得，希望自己的容颜体貌在极盛时于对方如霞光过目，永不相忘，即使在繁花谢树的残冬，也有一个人沉如历史典册的瞳仁可以见证你的华彩。

爱一个人总会不厌其烦地问些或回答些傻问题，例如："如果我老了，你还爱我吗?" "爱!" "我的牙都掉光了呢?""我吻你的牙床!"

　　爱一个人便忍不住迷上那首《白发吟》：

　　　亲爱的，我年已渐老

　　　白发如霜银光耀

　　　唯你永是我爱人

　　　…………

　　　永远美丽又温柔

　　　…………

　　爱一个人常是一串奇怪的矛盾，你会依他如父，又怜他如子；尊他如兄，又宠他如弟；想师事他，跟他学，又想教导他，把他俘虏成自己的徒弟；亲他如友，义气他如仇；希望成为他的女皇，他唯一的女主人，又甘心做他的小丫鬟、小女奴。

　　爱一个人会使人变得俗气，你不断地想：晚餐该吃牛舌好呢，还是猪舌? 蔬菜该买大白菜呢，还是小白菜? 房子该买在三张犁呢，还是六张犁? 而终于在这份世俗里，你了解了众生，你参与了自古以来匹夫匹妇的微不足道的喜悦与悲辛，然后你发觉这世上有超乎雅俗之上的情境，正如日光超越调色盘上的色样。

爱一个人就是喜欢和他拥有现在，却又追记着和他在一起的过去。喜欢听他说，那一年他怎样偷偷喜欢你，远远地凝望着你。爱一个人又总期望着未来，想到地老天荒的他年。

爱一个人便是小别时带走他的吻痕，如同一幅画，带着鉴赏者的朱印。

爱一个人就是横下心来，把自己小小的赌本跟他合起来，向生命的大轮盘去下一番赌注。

爱一个人就是让那人的名字在临终之际成为你双唇间最后的音乐。

爱一个人，就不免生出共同的、霸占的欲望。想认识他的朋友，想了解他的事业，想知道他的梦。希望共有一张餐桌，愿意同用一双筷子，喜欢轮饮一杯茶，合穿一件衣，并且同衾共枕，奔赴一个命运，共寝一个墓穴。

前两天，整理房间，理出一只提袋，上面赫然写着"××孕妇服装中心"，我愕然许久，既然这房子只我一人住，这只手提袋当然是我的了，可是，我何曾跑到孕妇店去买过衣服？于是不甘心地坐下来想，想了许久，终于想出来了。我那天曾去买一件斗篷式的土褐色短褛，便是用这只绿色袋子提回来的，我的确闯到孕妇店去买衣服了。细想起来，那家店的模特儿似乎都穿着孕妇装，我好像正是被那种美丽沉甸的繁殖喜悦所吸引而走进去的。这样说来，原来我买的那件宽松适意的斗篷式短褛竟真是给孕妇设计的。

这里面有什么心理分析吗？是不是我一直追忆着怀孕时强烈的酸苦和欣喜而情不自禁地又去买了一件那样的衣服呢？想起多年前冬夜独起，灯下乳儿的寒冷和温暖便一下子涌回心头，小儿吮乳的时候，你多么希望自己的生命就此为他竭泽啊！

对我而言，爱一个人，就不免想跟他生一窝孩子。

当然，这世上也有人无法生育，那么，就让共同培育的学生，共同经营的事业，共同爱过的子侄晚辈，共同谱成的生活之歌，共同写完的生命之书来做他们的孩子。

也许还有更多更多可以说的，正如此刻，爱情对我的意义是终夜守在一盏灯旁，听车声退潮复涨潮，看淡紫的天光愈来愈明亮，凝视两人共同凝视过的长窗外的水波，在矛盾的凄凉和欢喜里，在知足感恩和渴切不足里细细体会一条河的韵律，并且写篇叫《爱情观》的文章。

年年岁岁岁岁年年

一

　　渐渐地，就有了一种执意地想要守住什么的神气，半是凶霸，半是温柔，却不肯退让，不肯商量，要把生活里细细琐琐的东西一一护好。

二

　　一向以为自己爱的是空间，是山河，是巷陌，是天涯，是灯光晕染出来的一方暖意，是小小陶钵里的"有容"。

然后才发现自已也爱时间，爱与世间人"天涯共此时"。在汉唐相逢的人已成就其汉唐，在晚明相逢的人也谱罢其晚明。而今日，我只能与当世之人在时间的长川里停舟暂相问，只能在时间的流水席上与当代人传杯共盏。否则，两舟一错桨处，觥筹一交递时，年华岁月已成空无。

天地悠悠，我却只有一生，只握一个筹码，手起处，转骰已报出点数，属于我的博戏已告结束。盘古一辨清浊，便是三万六千载，李白《蜀道难》难忘的年光，忽忽竟有四万八千岁，而天文学家动辄抬出亿万年，我小小的想象力无法追想那样地老天荒的亘古，我所能揣摩所能爱悦的无非是属于常人的百年快板。

三

神仙故事里的樵夫偶一驻足观棋，已经柯烂斧锈，沧桑几度。

如果有一天，我因好奇而在山林深处看棋，仁慈的神仙，请尽快告诉我真相。我不要偷来的仙家日月，我不要在一袖手之际误却人间的生老病死，错过半生的悲喜怨怒。人间的紧锣密鼓中，我虽然只有小小的戏份，但我是不肯错过的啊！

四

书上说，有一颗星，叫岁星，十二年循环一次。"岁星"使人有强烈的时间观念，所以一年叫"一岁"。这种说法，据说发生在远古的夏朝。

"年"是周朝人用的，甲骨文上的年字写成 ，代表人扛着禾捆，看来简直是一幅温暖的"冬藏图"。

有些字，看久了会令人渴望到心口发疼发紧的程度。当年，想必有一快乐的农人在北风里背着满肩禾捆回家，那景象深深感动了造字人，竟不知不觉用这幅画来做三百六十五天的重点勾勒。

五

　　有一次，和一位老太太用闽南语搭讪：

　　"阿婆，你在这里住多久了？"

　　"嗯——有十几冬啰！"

　　听到有人用冬来代年，不觉一惊，立刻仿佛有什么东西又隐隐痛了起来。原来一句话里竟有那么丰富饱胀的东西。记得她说"冬"的时候，表情里有沧桑也有感恩，而且那样自然地把春耕夏耘秋收冬藏的农业情感都灌注在里面了。她和土地、时序之间那种血脉相连的真切，使我不知哪里有一个伤口轻痛起来。

六

朋友要带他新婚的妻子从香港到台湾来过年，长途电话里我大概有点惊奇，他立刻解释说：

"因为她想去台北放鞭炮，在香港不准。"

放下电话，我想笑又端肃，第一次觉得放炮是件了不起的大事，于是把儿子叫来说：

"去买一串不长不短的炮——有位阿姨要从香港到台湾来放炮。"

岁除之夜，满城爆裂小小的、微红的、有声的春花，其中一串自我们手中绽放。

七

我买了一座小小的山屋，只十坪①大。屋与大

_____

① 编者注：1 坪约等于 3.3 平方米。

屯山相望，我喜欢大屯山，"大屯"是卦名，那山也真的跟卦象一样神秘幽邃，爻爻都在演化，它应该足以胜任"市山"的。走在处处地热的大屯山系里，每一步都仿佛踩在北方人烧好的土炕上，温暖而又安详。

下决心付小屋的订金，说来是因屋外田埂上的牛以及牛背上的黄头鹭。这理由，自己听来也觉像撒谎，直到有一天听楚戈说某书法家买房子是因为看到烟岚，才觉得气壮一点。

我已经辛苦了一年，我要到山里去过几个冬夜，那里有豪奢的安静和孤绝。我要生一盆火，烤几枚干果，燃一屋松脂的清香。

八

你问我今年过年要做什么，你问得太奢侈啊！这世间原没有什么东西是我绝对可以拥有的，不过随缘罢了。如果蒙天之惠，我只要许一个小小的愿望，我要在有生之年，年年去买一钵素水仙，养在小小的白石之间。

中国水仙和自盼自顾的希腊孤芳不同，它是温驯的，偎人的，开在中国人一片红灿的年景里。

九

除了水仙，我还有一件俗之又俗的心愿，我喜欢遵循老家的旧俗，在年初一的早晨吃一顿素饺子。

素饺子的馅以荠菜为主，我爱荠菜的"野蔬"身份，爱小时候提篮去挑野菜的情趣，爱以素食为一年第一顿餐点的小小善心，爱民谚里"三月三，荠菜花，赛牡丹"的憨狂口气。

荠菜花花瓣小如米粒，粉白，不仔细看根本不容易发现，到了老百姓嘴里居然一口咬定荠菜花赛过牡丹。中国民间向来总有用不完的充沛自信，李凤姐必然艳过后宫佳丽，一碟名叫"红嘴绿鹦哥"的炒菠菜会是皇帝思之不舍的美味。郊原上的荠菜花绝胜宫中肥硕痴笨的各种牡丹。

吃荠菜饺子，淡淡的香气之余，总有颊齿以外嚼之不尽的清馨。

十

如果一个人爱上时间，他是在恋爱了。恋人会永不厌烦地渴望共花之晨，共月之夕，共其年年岁岁，岁岁年年。

如果你爱上的是一个民族、一块土地，也趁着岁月未晚，来与之共其朝朝暮暮吧！

所谓百年，不过是一千二百番的盈月、三万六千五百回的破晓以及八次的岁星周期罢了。

所谓百年，竟是禁不起蹉跎和迟疑的啊，且来共此山河守此岁月吧！大年夜的孩子，只守一夕华丽的光阴，而我们所要守的却是短如一生又复长如一生的年年岁岁岁岁年年啊！

春　俎

春天是一则谎言

那女孩说，春天是一则谎言，饰以软风，饰以杜鹃；那女孩斩钉截铁地说，春天，是一则谎言。

——可是，她说，二十年过去，我仍不可救药地甘于被骗。那些偶然红的花，那些偶然绿的水，竟仍然令我痴迷。春天一来，便老是忘记，忘记蓝天是一种骗局，忘记急湍是一种诡语，忘记千柯都只不过在开些空头支票，忘记万花只不过服食了迷幻药。真的，老是忘记——直到秋晚醒来时，才发现他们玩的只不过是些老把戏，而你又被骗了，你只能在苍白的北风中向壁叹息。

她说她的，我总不能拒绝春天。春水一涨潮，我就变得盲目，变得混沌，像一个旧教徒，我恭谨地行到溪畔去办"告解"，去照鉴自己的心，看看能不能仍拼成水仙——虽然，可能她说得对，虽然春天可能什么都不是，虽然春天可能只是一则谎言。

过　客

　　别墅的主人买了地，盖了房子，却无奈地陷在楼最高、气最浊，车马喧腾的地方，把别墅的所有权状当作清供。

　　而第一位在千山夜雨中拧亮玻璃吊盏的人，却竟是我这陌生的过客，一时间恍惚竟以为别墅是我的——或者也是云的？谁是客？谁是主？谁是物？谁是我？谁曾占有过什么？谁又曾管领过什么？

　　长长的甬道，只回响我的软履。寂然的阳台，只留我独饮风露，穆然的大柜，只垂挂我的春衫，初涨的新溪，只流过我的梦槛——那主人不在，那主人不在，我把一切的美好霸占得那样彻底。

织草初渥，足下的春泥几乎在升起一种柔声的歌。而这片土地，两年以前属于禾稻，千纪以前属于牧畜，万年以前属于渔猎，亿载以前属于洪荒，而此刻，它属于一张一尺见方的所有权状。

而我是谁？为什么我感到自己强烈的占有，不是今夜的占有，而是亿载之前的占有，我几乎能指出哪一带蓝天曾腾跃过飞龙，哪一丛密林曾隐居着麒麟，哪一片水滩曾映照七彩的凤凰，哪一座小桥曾负载夹弓猎人的歌。而今夜，我取代他们，继承他们，让我的十趾来膜拜泥土。

今夜，我是拙而安的鸠鸟，我占着别人的别墅，我占着有巢氏的巢，我占着昭阳宫，我占着含章殿，我占着裴令的绿野堂，我占着王摩诘的辋川和终南别业，我占着亘古长存的大地庙堂——我，一个过客。

坠　星

　　山的美在于它的重复，在于它是一种几何级数，在于它是一种循环小数，在于它的百匝千遭，在于它永不干休的环抱。

　　晚上，独步山径，两侧的山又黑又坚实，有如一锭古老的徽墨，而徽墨最浑凝的上方却被一点灼然的光突破。

　　"星坠了！"我忽然一惊。

　　而那一夜并没有星，我才发现那或者只是某一个人一盏灯。一盏灯？可能吗？在那样孤绝的高处？伫立许久，我仍弄不清那是一颗低坠的星或是一盏高悬的灯。而白天，我什么也不见，只见云来雾往，千壑生烟。但夜夜，它不瞬地亮着，令我迷惑。

山　月

　　山月升起的地方刚好是对岸山间一个巧妙的缺口。中宵惊起，一丸冷月像颗珠子，莹莹然地镶嵌在山的缺处。

　　有些美，如山间月色，不知为什么美得那样无情，那样冷绝白绝，触手成冰。无月之夜的那种浑厚温暖的黑色此刻已被扯开，山月如雨，在同样的景片上硬生生地安排下另一种格调。

　　真的，山月如雨，隔着长窗，隔着纱帘，一样淋得人兜头兜脸，眉发滴水，连寒衾也淋湿了，一间屋子竟无一处可着脚，整栋别墅都漂浮起来，晃漾起来，让人有一种绝望的惊惶。

　　山月总是触动人最深处的忧伤，山月让人不能遗忘。

　　山月照在山的这一边，山月照在山的那一边。山的这一边是长帘垂地的别墅，山的那一边是海峡深蕴的忧伤。

　　山月照在岛上，山月也绕过岛去照一千一百万平方公里的旧梦。在不眠的中宵，在万窍含风的永夜，山月吹起令人愁倒的胡笳。

山月何以如此凛冽，山月何以如此无情，山月何以如此冷绝愁绝，触手成冰！

夜　雨

雨声有时和溪声是很难分辨的，尤其在夜里。有时为了证实是雨，我必须从回廊里探出双臂。探着雨，便安心地回去躺下，欣喜而满足。夜是母性的，雨也是，我遂在双重的母性中拥书而眠。

书不多，但从毛诗到皮兰德娄，从陶渊明到乌托邦都有，只是落雨的夜里，我却总想起秦少游，以及他的"可堪孤馆闭春寒，杜鹃声里斜阳暮"。雨声中唯一的缺憾是失去鸟声。有一种鸟声，平时总听得到，细长而无尾音，却自有一种直抒胸臆的简捷的悲怆，像一个不善言辞的人的低喟。雨夜中有时不免想起那只鸟，不知在何处抖动它潮湿的羽毛和潮湿的叹息。

盛夏中偶落的骤雨，照例总扬起一阵浓郁的土香。而三月的夜雨不知为什么也能渗出一丝丝的青草味，跟太阳蒸发出来的强烈的草薰不同，是一种幽森的、细致的、嫩生生的气味。我想，如果有一天我失明了，光凭嗅觉，我也能毫无错误地辨认出三月的夜雨。

野　溪

从来没有想到溪声会那样执着，日以继夜，夜以继日，像一个喧嚷的小男孩，使我感到一种疲倦。我爱那水，但它使我疲倦——它使我疲倦，但我仍爱那水——我之所以疲倦，或者无论梦着醒着，我不能一秒钟不恭谨地聆听它，过分的爱情常使人疲累不胜。

水极浅，小溪中多半是乱石，小半是草，还有一些树，很奇怪的都有着无比苍老嶙峋的根，以及柔嫩如婴儿的透明绿叶，让人猜不透它们的年龄。大部分的巨石都被树根抓住了，树根如网，巨石如鱼，相峙似乎已有千年之久，让人重温渔猎时代敦实的喜悦。

　　谁在溪中投下千面巨石，谁在石间播下春芜秋草，谁在草中立起大树如碑？谁在树上剪裁三月的翠叶如酒旆？谁在这无数张招展的酒旆间酝酿亿万年陈久而新鲜的芬芳？

　　溪水清且浅，溪声激以越，世上每日有山被斩首解肢，每日有水被奸污毁容，而眼前的野溪却浑然无知地坚持着今年度的歌声。而明年，明年谁知道，我们且对斟今年的春天！让千穴的清风吹彻玉笮，让千转的白湍拨起冷冷古弦，我们且对斟今年的春天。

秋天 · 秋天

满山的牵牛藤起伏，紫色的小浪花一直冲击到我的窗前才猛然收势。

阳光是耀眼的白，像锡，像许多发光的金属。是哪个聪明的古人想起来以木象春而以金象秋的？我们喜欢木的青绿，但我们怎能不钦仰金属的灿白？

对了，就是这灿白，闭着眼睛也能感到的。在云里，在芦苇上，在满山的翠竹上，在满谷的长风里，这样乱扑扑地压了下来。

在我们的城市里，夏季上演得太长，秋色就不免出场得晚些，但秋是永远不会被混淆的——这坚硬明朗的金属季。让我们从微凉的松风中去认取，让我们从新刈的草香中去认取。

已经是生命中第二十五个秋天了，却依然这样容易激动。正如一个诗人说的：

"依然迷信着美。"

是的，到第五十个秋天来的时候，对于美，我怕是还要这样执迷的。

那时候，在南京，刚刚开始记得一些零碎的事，画面里常常出现一片美丽的郊野，我悄悄地从大人身边走开，独自坐在草地上。梧桐叶子开始簌簌地落着，簌簌地落着，把许多神秘的美感一起落进我的心里来了。我忽然迷乱起来，小小的心灵简直不能承受这种兴奋。我就那样迷乱地捡起一片落叶。叶子是黄褐色的，弯曲的，像一只载着梦的小船，而且在船舷上又长着两粒美丽的梧桐子。每起一阵风我就在落叶的雨中穿梭，拾起一地的梧桐子。必有一两颗我所未拾起的梧桐子在那草地上发了芽吧？二十年了，我似乎又能听到遥远的西风，以及风里簌簌的落叶。我仍然能看见那载着梦的船，航行在草原里，航行在一粒种子的希望里。

又记得小阳台上的黄昏，视线的尽处是一列古老的城墙。在暮色和秋色的双重苍凉里，往往不知什么人又加上一阵笛音的苍凉。我喜欢这种凄清的美，莫名所以地喜欢。小舅舅曾经带我一直走到城墙的旁边，那些斑驳的石头、蔓生的乱草，使我有一种说不出的感动。长大了读辛稼轩的词，对于那种沉郁悲凉的意境总觉得那样熟悉，其实我何尝熟悉什么词呢？我所熟悉的只是古老南京城的秋色罢了。

后来，到了柳州，一城都是山，都是树。走在街上，两旁总夹着橘柚的芬芳，学校前面就是一座山，我总觉得那就是地理课本上的十万大山。秋天的时候，山容澄清而微黄，蓝天显得更高了。

"媛媛，"我怀着十分的敬畏问我的同伴，"你说，教我们美术的龚老师能不能画下这座山？"

"能，他能。"

"能吗？我是说这座山全部。"

"当然能，当然，"她热切地喊着，"可惜他最近打篮球把手摔坏了，要不然，全柳州、全世界他都能画呢！"

沉默了好一会儿。

"是真的吗？"

"真的，当然是真的。"

我望着她，然后又望着那座山，那神圣的、美丽的、深沉的秋山。

"不，不可能。"我忽然肯定地说，"他不会画，一定不会。"

那天的辩论后来怎样结束的，我已不记得了，而那个叫媛媛的女孩子和我已经阔别了十几年。如果我能重见她，我仍会那样坚持的。

没有人会画那样的山，没有人能。

媛媛，你呢？你现在承认了吗？前年我碰到一个叫媛媛的女孩子，就急急地问她，她却笑着说，已经记不得住过柳州没有了。那么，她不会是你了。没有人能忘记柳州的，没有人能忘记那苍郁的、沉雄的、微带金色的、不可描摹的山。

而日子被西风刮尽了，那一串金属性的、有着欢乐叮当声的日子。终于，人长大了，会念《秋声赋》了，也会骑在自行车上，想象着陆放翁"饱将两耳听秋风"的情怀了。

秋季旅行，相片册里照例有发光的记忆。还记得那次倦游回来，坐在游览车上。

"你最喜欢哪一季呢？"我问芷。

"秋天。"她简单地回答，眼睛里凝聚了所有美丽的秋光。

我忽然欢欣起来。

"我也是，啊，我们都是。"

她说了许多秋天的故事给我听，那些山野和乡村里的故事。她又向我形容那个她常在它旁边睡觉的小池塘，以及林间说不完的果实。

车子一路走着，同学沿站下车，车厢里越来越空了。

"芷，"我忽然垂下头来，"当我们年老的时候，我们生命的同伴一个个下车了，座位慢慢地稀松了，你会怎样呢？"

"我会很难过。"她黯然地说。

我们在做什么呢？芷，我们只不过说了些小女孩的傻话罢了，那种深沉的、无可如何的摇落之悲，又岂是我们所能了解的。

但，不管怎样，我们一起躲在小树丛中念书，一起说梦话的那段日子是美的。

而现在，你在中部的深山里工作，像传教士一样地工作着，从心里爱那些朴实的山地灵魂。今年初秋，我们又见了一次面，兴致仍然那样好，坐在小渡船里，早晨的淡水河还没有揭开薄薄的蓝雾，橹声琅然，你又继续你的山林故事了。

"有时候，我向高山上走去，一个人，慢慢地翻越过许多山岭。"你说，"忽然，我停住了，发现四壁都是山！都是雄伟的、插天的青色！我吃惊地站着，啊，怎么会那样美！"

我望着你，芷，我的心里充满了幸福。分别这么多年了，我们都无恙，我们的梦也都无恙——那些高高的、不属于地平线上的梦。

而现在，秋在我们这里的山中已经很浓很白了。偶然落一阵秋雨，薄寒袭人，雨后常常又现出冷冷的月光，不由人不生出一种悲秋的情怀。你那儿呢？窗外也该换上淡淡的秋景了吧？秋天是怎样地适合故人之情，又怎样地适合银银亮亮的梦啊！

随着风，紫色的浪花翻腾，把一山的秋凉都翻到我的心上来了。我爱这样的季候，只是我感到我爱得这样孤独。

我并非不醉心春天的温柔，我并非不向往夏天的炽热，只是生命应该严肃、应该成熟、应该神圣，就像秋天所给我们的一样——然而，谁懂呢？谁知道呢？谁去欣赏深度呢？

远山在退，遥遥地盘结着平静的黛蓝，而近处的木本珠兰仍香着，香气真是一种权力，可以统辖很大片的土地。溪水从小夹缝里奔窜出来，在原野里写着没有人了解的行书，它是一首小令，曲折而明快，用以描绘纯净的秋光的。

而我的扉页空着，我没有小令，只是我爱秋天，以我全部的虔诚与敬畏。

愿我的生命也是这样的，没有太多绚丽的春花，没有太多飘浮的夏云，没有喧哗，没有旋转着的五彩，只有一片安静纯朴的白色，只有成熟生命的深沉与严肃，只有梦，像一树红枫那样热切殷实的梦。

　　秋天，这坚硬而明亮的金属季，是我深深爱着的。

一抹绿

　　照说，喝盖碗茶只该小小揭一道缝，把嘴凑上去吸啜，仿佛小儿女偷看情书，看一行掩一行，深恐为别人窥去似的。喝盖碗茶的人也是如此喝一口，盖起，再揭缝，再喝一口……好东西是不该一下消受尽的。

　　但茶一端上来我便忍不住，竟把杯盖全揭了，我等不及要先看看今年春茶长成什么样子，小小的叶子，沉沉的绿，茶绿不同于嫩绿，但也不是老绿，老绿太肥厚痴重，茶的绿却是一笔始于新绿的未定稿，是遇到水就能重新漾荡出秘密来的宝藏图，是古代翠玉的深浅有致，而现在它们站在杯子里……

都说“喝”茶，其实，嗅茶和观茶也是了不起的享受。而一个人坐在茶盏前要喝的，哪里是茶？岂不是忙里挪出的一霎空白，是由今春细叶收拢来的记忆（由青山白雾共同酿成的），面对翠烟袅升的杯子，杯内盛放的是一九八五的春天啊！怎能不战栗珍惜呢？

“这茶有名字吗？”

“有，叫文山包种。”

真是老老实实的名字，记得在香港时，有位女友巴巴地跑到四川去买一种叫“文君绿茶”的茶给我喝，我却嫌它烟煳气重，那么难喝的茶都有个好名字，这么好的怎能没有？

“叫‘一抹绿’好吗？”我说。

抬眼望去，窗外翠色的山凝定如案上常设的经典，而山脚下鲜碧的涧水却活泼变化如山的白话翻译，我一时也搞不清楚自己是在为山描容、为水写真抑或为茶命名，乃至于为自己的心情题款了。

精致的聊天

　　此日足可惜

　　此酒不足尝

　　舍酒去相语

　　共分一日光

　　　　　——韩愈

　　很喜欢韩愈的这首诗；如果翻成语体，应该是：

　　可珍惜的是今天这"日子"啊！

　　那淡薄的酒又有什么好喝的？

　　放下酒杯且来聊聊吧，

让我们一起分享这一日时光。

所以喜欢这首诗是因为自己也喜欢和朋友聊天，使生活芳醇酣畅的方法永远是聊天而不是饮酒，如果不能当面聊，至少可以在电话里聊，如果相隔太远长途电话太贵，则写信来聊。如果觉得文字不足，则善书者可书，善画者不妨画，善歌者则以之留贮在录音带里——总之，不管说话给人听或听别人说话，都是一桩万分快乐的事。

西语里又有"绿拇指"一词，指的是善于栽花莳草的人，其实也该有"绿耳人"与"绿舌人"吧？有的人竟是善于和植物互通消息互诉衷曲的呢！春天来的时候，听听樱花的主张，羊蹄甲的意见或者杜鹃的隽语吧！也说些话去撩撩酢浆草或小石槲兰吧！至于和苍苔拙石说话则要有点技巧才行，必须语语平淡，而另藏机锋。总之，能跟山对话，能跟水唱和，能跟万紫千红窃窃私语的人是幸福的。

其实最精致最恣纵的聊天应该是读书了，或清茶一盏邀来庄子，或花间置酒单挑李白。如果嫌古人渺远，则不妨与稍近代的辛稼轩曹雪芹同其歌哭，如果你向往更相近的跫音，便不妨拉住梁启超或胡适之来聒絮一番。如果你握一本《生活的艺术》，林语堂便是你谈笑风生的韵友，而执一卷《白玉苦瓜》，足以使余光中不能不向你披肝沥胆。尤其伟大的是你可以指定梁实秋教授做传译而和莎翁聊天。

　　生活里最快乐的事是聊天，而读书，是最精致的聊天。

Chapter2
遇　见

她的眸光自小窗口出发，响亮的天蓝从那一端出发，

在那个美丽的五月清晨，它们彼此相遇了。

母亲的羽衣

讲完了牛郎织女的故事，细看儿子已经垂睫睡去，女儿却犹自瞪着坏坏的眼睛。

忽然，她一把抱紧我的脖子把我赘（此字稍俗，也有人以为当写成"坠"）得发疼：

"妈妈，你说，你是不是仙女变的?"

我一时愣住，只胡乱应道：

"你说呢?"

"你说，你说，你一定要说。"她固执地扳住我不放，"你到底是不是仙女变的?"

我是不是仙女变的？——哪一个母亲不是仙女变的?

像故事中的小织女，每一个女孩都曾住在星河之畔，她们织虹纺霓，藏云捉月，她们几曾烦心挂虑？她们是天神最偏怜的小女儿，她们终日临水自照，惊讶于自己美丽的羽衣和美丽的肌肤，她们久久凝注着自己的青春，被那份光华弄得痴然如醉。

　　而有一天，她的羽衣不见了，她换上了人间的粗布——她已经决定做一个母亲。有人说她的羽衣被锁在箱子里，她再也不能飞翔了，人家还说，是她丈夫锁上的，钥匙藏在极秘密的地方。

　　可是，所有的母亲都明白那仙女根本就知道箱子在哪里，她甚至也知道藏钥匙的所在。在某个无人的时候，她甚至会惆怅地开启箱子，用忧伤的目光抚摸那些柔软的羽毛。她知道，只要羽衣一着身，她就会重新回到云端，可是她把柔软白亮的羽毛拍了又拍，仍然无声无息地关上箱子，藏好钥匙。

　　是她自己锁住那身昔日的羽衣的。

　　她不能飞了，因为她已不忍飞去。

而狡黠的小女儿总是偷窥到那藏在母亲眼中的秘密。

许多年前，那时我自己还是一个小女孩，我总是惊奇地窥伺着母亲。

她在口琴背上刻了小小的两个字——"静鸥"，那里面有什么故事吗？那不是母亲的名字，却是母亲名字的谐音，她也曾梦想过自己是一只静栖的海鸥吗？她不怎么会吹口琴，我甚至想不起她吹过什么好听的歌，但那名字对我而言是母亲神秘的羽衣，她轻轻写那两个字的时候，她可以立刻变了一个人，她在那名字里是另外一个我所不认识的有翅的什么。

母亲晒箱子的时候是她另外一种异常的时刻，母亲似乎有好些东西，完全不是拿来用的，只为放在箱底，按时年年在三伏天取出来曝晒。

记忆中母亲晒箱子的时候就是我兴奋欲狂的时候。

母亲晒些什么？我已不记得，记得的是樟木箱又深又沉，像一个混沌黝黑初生的宇宙，另外还记得的是阳光下竹竿上富丽夺人的颜色，以及怪异却又严肃的樟脑味，以及我在母亲喝禁声中东摸摸西探探的快乐。

我唯一真正记得的一件东西是一幅漂亮的湘绣被面，雪白的缎子上，绣着兔子和翠绿的小白菜，和红艳欲滴的小杨花萝卜，全幅上还绣了许多别的令人惊讶赞叹的东西，母亲一面整理，一面会忽然回过头来说："别碰，别碰，等你结婚就送给你。"

我小的时候好想结婚，当然也有点害怕，不知为什么，仿佛所有的好东西都是等结了婚就自然是我的了，我觉得一下子有那么多好东西也是怪可怕的事。

那幅湘绣后来好像不知怎么就消失了，我也没有细问。对我而言，那么美丽得不近乎真实的东西，一旦消失，是一件合理得不能再合理的事。譬如初春的桃花，深秋的枫红，在我看来都是美丽得违了规的东西，是茫茫大化一时的错误，才胡乱把那么多的美堆到一种东西上去，桃花理该一夜消失的，不然岂不教世人都疯了？

湘绣的消失对我而言简直就是复归大化了。

但不能忘记的是母亲打开箱子时那份欣悦自足的表情，她慢慢地看着那幅湘绣，那时我觉得她忽然不属于周遭的世界，那时候她会忘记晚饭，忘记我扎辫子的红绒绳。她的姿势细想起来，实在是仙女依恋地轻抚着羽衣的姿势，那里有一个前世的记忆，她又快乐又悲哀地将之一一拾起，但是她也知道，她再也不会去拾起往昔了——唯其不会重拾，所以回顾的一刹那更特别地深情凝重。

除了晒箱子，母亲最爱回顾的是早逝的外公对她的宠爱。有时她胃痛，卧在床上，要我把头枕在她的胃上，她慢慢地说起外公。外公似乎很舍得花钱（当然也因为有钱），常常带她上街去吃点心。她总是告诉我当年的肴肉和汤包怎么好吃，甚至煎得两面黄的炒面和女生宿舍里早晨订的冰糖豆浆（母亲一再强调"冰糖"豆浆，因为那是比"砂糖"豆浆更为高贵的），都是超乎我想象力之外的美味。我每听她说起那些事的时候，都惊讶万分——我无论如何不能把那些事和母亲联想在一起。我从有记忆起，母亲就是一个吃剩菜的角色，红烧肉和新炒的蔬菜简直就是理所当然地放在父亲面前的，她自己的面前永远是一盘杂拼的剩菜和一碗"擦锅饭"（擦锅饭就是把剩饭在炒完菜的剩锅中一炒，把锅中的菜汁都擦干净了的那种饭），我简直想不出她不吃剩菜的时候是什么样子。

而母亲口里的外公，上海、南京、汤包、肴肉全是仙境里的东西，母亲每讲起那些事，总有无限的温柔，她既不感伤，也不怨叹，只是那样平静地说着。她并不要把那个世界拉回来，我一直都知道这一点，我很安心，我知道下一顿饭她仍然会坐在老地方，吃那盘我们大家都不爱吃的剩菜。而到夜晚，她会照例一个门一个窗地去检点去上闩。她一直都负责把自己牢锁在这个家里。

哪一个母亲不曾是穿着羽衣的仙女呢？只是她藏好了那件衣服，然后用最黯淡的一件粗布把自己掩藏了，我们有时以为她，一直就是那样的。

而此刻，那刚听完故事的小女儿鬼鬼地在窥伺着什么？

她那么小，她何由得知？她是看多了卡通，听多了故事吧？她也发现了什么吗？

是在我的集邮本偶然被儿子翻出来的那一刹那吗？是在我拣出石涛画册或汉碑并一页页细味的那一刻吗？是在我猛然回首听他们弹一阕熟悉的钢琴练习曲的时候吗？抑是在我带他们走过年年的春光，不自主地驻足在杜鹃花旁或流苏树下的一瞬间吗？

或是在我动容地托住父亲的勋章或童年珍藏的北平画片的时候，或是在我翻拣夹在大字典里的干叶之际，或是在我轻声地教他们背一首唐诗的时候……

是有什么语言自我眼中流出吗？是有什么音乐自我腕底泻过吗？为什么那小女孩会问道：

"妈妈，你是不是仙女变的呀？"

我不是一个和千万母亲一样安分的母亲吗？我不是把属于女孩的羽衣收折得极为秘密吗？我在什么时候泄漏了自己呢？

在我的书桌底下放着一个被人弃置的木质砧板，我一直想把它挂起来当一幅画，那真该是一幅庄严的画，那样承受过万万千千生活的刀痕和凿印的，但不知为什么，我一直也没有把它挂出来……

天下的母亲不都是那样平凡不起眼的一块砧板吗？不都是那样柔顺地接纳了无数尖锐的割伤却默无一语的砧板吗？

而那小女孩，是凭什么神秘的直觉，竟然会问我：

"妈妈？你到底是不是仙女变的？"

我掰开她的小手，救出我被吊得酸麻的脖子，我想对她说：

"是的，妈妈曾经是一个仙女，在她做小女孩的时候，但现在，她不是了，你才是，你才是一个小小的仙女！"

但我凝注着她晶亮的眼睛，只简单地说了一句：

"不是，妈妈不是仙女，你快睡觉。"

"真的？"

"真的!"

她听话地闭上了眼睛,旋又不放心地睁开:

"如果你是仙女,也要教我仙法哦!"

我笑而不答,替她把被子掖好,她兴奋地转动着眼珠,不知在想什么。

然后,她睡着了。

故事中的仙女既然找回了羽衣,大约也回到云间去睡了。

风睡了,鸟睡了,连夜也睡了。

我守在两张小床之间,久久凝视着他们的睡容。

遇 见

一个久晦后的五月清晨，四岁的小女儿忽然尖叫起来：

"妈妈！妈妈！快点来呀！"

我从床上跳起，直奔她的卧室，她已坐起身来，一语不发地望着我，脸上浮起一层神秘诡异的笑容。

"什么事？"

她不说话。

"到底是什么事？"

她用一只肥匀的有着小肉窝的小手，指着窗外。而窗外什么也没有，除了另一座公寓的灰壁。

"到底什么事？"

她仍然秘而不宣地微笑，然后悄悄地透露一个字：

"天！"

我顺着她的手望过去，果真看到那片蓝过千古而仍然年轻的蓝天，一尘不染、令人惊呼的蓝天，一个小女孩在生字本上早已认识，却在此刻仍然不觉吓了一跳的蓝天，我也一时愣住了。

于是，我安静地坐在她的旁边，两个人一起看那神迹似的晴空。她平常是一个聒噪的小女孩，那天竟也像被震慑住了似的流露出虔诚的沉默。透过惊讶和几乎不能置信的喜悦，她遇见了天空。她的眸光自小窗口出发，响亮的天蓝从那一端出发，在那个美丽的五月清晨，它们彼此相遇了。那一刻真是神圣，我握着她的小手，感觉到她不再只是从笔画结构上去认识"天"，她在惊讶赞叹中体认了那份宽阔、那份坦荡、那份深邃——她面对面地遇见了蓝天，她长大了。

我的脸是给妈妈 Kiss 用的

和能言善道颇具逻辑观念的"哥哥"比较起来，小女儿晴晴的言语别有一种可爱的稚拙。杜甫"语不惊人死不休"的壮志必须借用苦吟为手段，小女儿却天生是个"语惊四座"的人。

"你的脚是做什么用的?"

"走路用的。"

"你的耳朵是做什么用的?"

"听话用的。"

"我的小脸，"她指着自己蔷薇色的两颊，"是给妈妈 Kiss 用的。"

能用我们的身体去爱或被爱是一件多可惊异的美好的事! 成人的世界里有太多"功利"观念，我们身体每一部分的功能都被指定标明了。其实，除了打字，上帝所赐的双手不是更该用来握一个穷人的手吗？除了辨味，上帝所赐的舌头不是更应该用以说安慰鼓励人的话吗？除了看书看报，上帝所赐的眼睛不是更应该给受伤者一些关怀的凝注吗？

我现在知道左右了

女儿摔了一跤，当时也没哭，两天后才发现锁骨受了伤，她的左手因此举不起来，又痛又不方便，要康复还得很长一段时间。

我心里当然不舒服，可是她自己却发现了一项意外的收获。

"哈，我现在知道哪边是左边了！"

她太小，一直搅不清楚左右，这下好了，她知道了，痛的那边就是左！

有一句话说："当上帝关上了所有的门，他会给你留一扇窗。"

我们总是不甘心地哭着去捶那厚重的门，却忘记那个开向清风明月的窗。

只叫我天天端盘子

对读幼稚园的小女儿而言，天下最美味的东西就是巷口的老邓所卖的馄饨。

不管古今中外有若干名厨与佳肴，反正她只认定"老邓的馄饨"是最最最最好吃的东西。

如果她有什么可奖励的事，如果我们偶然想给她一些快乐，一点也不难，只要"请吃老邓馄饨"就皆大欢喜了。

有一天，我有点不耐烦地对她说：

"我看，你如果生在老邓家，是他们的女儿就好了，你可以天天吃馄饨，早上吃馄饨，中午吃馄饨，晚上吃馄饨……"

"谁说的？"她一副小大人的模样，"说不定他们不给我馄饨吃，只叫我天天端盘子！"

我真的被她的话吓了一跳，那里面几乎有一种大彻大悟的智慧。身为成人，我们经常只会抱怨、自苦，经常在自己的幻觉里去美化所不曾拥有的事物，然后在争取到手以后再懊悔……

我们真的不及一个小小的孩子。

一握头发

洗脸池的右角胡乱放着一小团湿头发，犯人很好抓，准是女儿做的，她刚才洗了头。

讨厌的小孩，自己洗完了头，却把掉下来的头发放在这里不管，什么意思？难道要靠妈妈一辈子吗？我愈想愈生气，非要去教训她一场不可！

抓着那把头发，这下子是人赃俱获，还有什么可以抵赖，我朝她的房间走去。

忽然，我停下脚来。

她的头发在我的手指间显得如此细软柔和，我轻轻地搓了搓，这分明只是一个小女孩的头发啊，对于一个乖巧的肯自己去洗头发的小女孩，你还能苛求她什么呢？

而且，她柔软的头发或者是继承了我的吧，许多次，洗头发的小姐对我说：

"你的头发好软啊！"

"噢——"

"头发软的人好性情。"

我笑笑，作为一个家庭主妇，不会有太好的性情吧？

古人以三十年为一世，我现在握着女儿的细细的柔发，有如握着一世以前自己的发肤。

我走到女儿的房间，她正聚精会神地在看一本故事书。

"晴晴，"我简单地对她说，"你洗完头以后有些头发没有丢掉，放在洗脸池上了。"

她放下故事书，眼中有着等待挨骂的神气。

"我刚才帮你丢了，但是，下一次，希望你自己去丢。"

"好的。"她很懂事地说。

我走开，让她继续走入故事的途径——以前，我不也是那样的吗？

Chapter3
有个叫"时间"的家伙走过

同样的东西，在不同时段上，差别之大，几乎会让你忘了它们原本是一个啊！

此刻委地的尘泥，曾是昨日枝头喧闹的春意，两者之间，谁才是那花呢？

大型家家酒

　　事情好像是从那个走廊开始的。

　　那走廊还算宽，差不多六尺宽，十八尺长，在寸土寸金的台北似乎早就有资格摇身变为一间房子了。

　　但是，我喜欢一条空的走廊。

　　可是，要"空"，也是很奢侈的事，前廊终于沦落变成堆栈了。堆的东西全是那些年演完戏舍不得丢的大件，譬如说，一张拇指粗的麻绳编的大渔网曾在《武陵人》的开场戏里象征着挣扎郁结的生活，两块用扭曲的木头做的坐墩，几张导演欣赏的白铁皮，是在《和氏璧》中卞和妻子生产时用来制造扭曲痉挛的效果的……那些东西在舞台上，在声光电化所组成的一夕沧桑中当然是动人的，但堆在一所公寓四楼的前廊上却猥琐肮脏，令人一进门就为之气短。

事情的另外一个起因是由于家里发生了一件灾祸，那就是余光中先生所说的"书灾"。两个人都爱书，偏偏所学的又不同行，于是各人买各人的。原有的书柜放不下，弄得满坑满谷，举步维艰，可恨的是，下次上街，一时兴奋，又忘情地肩驮手抱地成堆地买了回来。

当然，说来书也有一重好处，那时新婚，租了个旧式的榻榻米房子，前院一棵短榕树，屋后一片猛开的珊瑚藤，在树与藤之间的十坪空间我们也不觉其小，如果不是被左牵右绊弄得人跌跌撞撞的书堆逼急了，我们不会狗急跳墙想到去买房子。不料这一买了房子，数年之间才发现自己也糊里糊涂的有了"百万身价"了，邱永汉说"贫者因书而富"，在我家倒是真有这么回事，只是说得正确点，应该是"贫者因想买房子当书柜而富"。

若干年后，我们陆续添了些书架。

又若干年后，我把属于我的书，一举搬到学校的研究室里，逢人就说，我已经安排了"书的小公馆"。书本经过这番大移民倒也相安了一段时间。但又过了若干年，仍然"书口膨胀"，我想来想去，打算把一片九尺高、二十尺长的墙完全做成书墙。

　　那时刚放暑假，我打算要好好玩上一票，生平没有学过室内装潢，但隐隐约约只觉得自己会喜欢上这件事。原来的计划只是整理前廊，并做个顶天立地的书柜，但没想到计划愈扯愈大，"一室之不治，何以天下为？"终于决定全屋子大翻修。

　　天热得要命，我深夜静坐，像入定的老僧，把整个房子思前想后地参悟一番，一时之间，屋子的前世此世和来世都来到眼前。于是我无师自通地想好了步骤，第一，我要亲自到全台北市去找材料，这些年来我已经愈来愈不佩服"纯构想"了，如果市面上没有某种材料，设计图的构想就不成立。

　　我先去找瓷砖，有了地的颜色比较好决定房间的色调，瓷砖真是漂亮的东西——虽然也有让人恶心想吐的那种。我选了砖红色的窑变小方砖铺前廊，窑变砖看来像烤得特别焦脆香滋的小饼，每一条纹路都仿佛火的图案，厨房铺土黄，浴室则铺深蓝的罗马瓷砖，为了省钱算准了数目只买二十七块。

两个礼拜把全台北的瓷砖看了个饱，又交了些不生不熟的卖瓷砖的朋友，我觉得无限得意。

厨房流理台的估价单出来了，光是不锈钢厨具竟要七八万，我吓呆了，我才不买那玩意，我自有办法解决。

到建国南路的旧料行去，那里原是我平日常去的地方，不买什么，只是为了转来转去地去看看那些旧木料，桧木、杉木、香杉……静静地躺在阳光下、蔓草间。那天下午我驾轻就熟地去买了一条八尺长的旧杉木，只花三十块钱，原想坐出租车回家，不料木料太长，放不进，我就扛着它在夕阳时分走到信义路去搭公车，姿势颇像一个扛枪的小兵。回到家把木头刷上透明漆，纹理斑节像雕塑似的全显出来了，真是好看。我请工人把木头钉在墙上，木头上又钉些粗铁钉（那种钉有手指粗，还带一个九十度的钩，我在重庆北路买到的，据说原来是钉铁轨用的），水壶、水罐、平底锅就挂在上面，颇有点美国殖民地时期的风味。

其实，白亮的水壶，以及高雄船上卖出来的大肚水罐都是极漂亮的东西，花七八万块买不锈钢厨具来把它们藏起来是太可惜了。我甚至觉得一只平底锅跟一个花钵是一样亮眼的好东西，大可不必藏拙。

我决定在瓦斯炉下面做一个假的老式灶，我拒绝不了老灶的诱惑。小时候读过刘大白的诗，写村妇的脸被灶火映红的动人景象，不知道是不是那首诗作怪，我竟然真的傻里傻气地满台北去找生铁锻铸的灶门。有人说某个铁工厂有，有人说莺歌有，有人说后车站有，有人说万华有……我不管消息来源可不可靠，竟认真地一家一家地去问。我走到双连，那是我小时候住过的地方，走着走着，二三十年的台北在脚下像浪一样地涌动起来。我曾经多爱吃那小小圆圆中间有个小洞的芝麻饼，（咦！现在也不妨再买个来吃呀！）我曾在挤得要死的人群里惊看野台戏中的蚌壳精如何在翻搅的海浪中载浮载沉。铁路旁原来是片大泥潭，那些大片的绿叶子已经记不得是芋头叶还是荷叶了，只记得有一次去采叶子几乎要陷下去，愈急愈拔不出脚来……

三十年，把一个小女孩走成一个妇人，双连，仍是熙熙攘攘的双连。而此刻走着走着，竟魔术似的，又把一个妇人走回为一个小女孩。

天真热，我一路走着，有点忘记自己是出来买灶门的了，猛然一惊，赶紧再走，灶门一定得买到，不然就做不成灶了。

"灶门是什么？"一个年轻的伙计听了我的话高声地问他的老头家。

我继续往前走。那家伙大概是太年轻了。

"你跟我到后面仓库去看看。"终于有一位老头答应我去翻库存旧货。

"唉哟，"他唠唠叨叨地问着，"台北市哪有人用灶门，你是怎么会想到用灶门的？"

天，真给他翻到了！价钱他已经不记得了，又在灰尘中去翻一本陈年账簿。

我兴冲冲地把灶门交给泥水工人去安装，他们一直不相信这东西还没有绝迹。

灶门里头当然没有烧得哔剥的木柴，但是我也物尽其用地放了些瓶瓶罐罐在灶肚子里。

不知道在台北市万千公寓里，有没有哪个厨房里有一个"假灶"的，我觉得在厨房里自苦了这么多年，用一个棕红色瓷砖砌的假灶来慰劳自己一下，是一件言之成理的事。自从有了这个灶，丈夫总把厨房当作观光胜地引朋友来看，有些人竟以为我真的有一个灶，我也不去说破它。

给孩子们接生的英国大夫退休了，他有始有终地举行了结束仪式。过不久，那栋原来是诊所的日式房子就拆了。有一天，我心血来潮，想去看看那房子的旧址。曾经也是夏天，在那栋房子里，大夫曾告诉我初孕的讯息，我和丈夫，一路从那巷子里走出来，回家，心里有万千句话……孩子出生，孩子在诊所那小小的婴儿磅秤上愈秤愈大，终于大到快有父母高了……

而诊所，此刻是废墟，我想到那湮远的生老病死……

忽然，我低下头来，不得了，我发现了一些被工人拆散的木雕了，我趴在地上仔细一看，禁不住怦然心动。这样美丽！一幅松鼠葡萄。当下连忙抱了一堆回家。等天色薄暮了，才把训练尚未有素而脸皮犹薄的丈夫拉来，第二次的行动内容是拔了一些黄金葛，并且扛了一张乡下人坐的那种条凳，浩浩荡荡而归。

那种旧式的连绵的木雕有些破裂，我们用强力胶胶好，挂在前廊，又另外花四十元买了在旧料行草丛里翻出来的一块棕色的屋角瓦，也挂在墙上，兴致一时弄得愈来愈高，把别人送的一些极漂亮的装潢参考书都傲气十足地一起推开，那种书看来全是为占地两英亩的房子设计的，跟我们没有关系。我对自己愈来愈有自信了。

我又在邻巷看中了一个陶瓮，想去"骗"来。

我走到那家人门口，向那老太婆买了一盆一百块的植物，她是个"业余园艺家"，常在些破桶烂缸里种些乱七八糟的花草，偶然也有人跟她买，她的要价不便宜，但我毫不犹豫地付了钱，然后假装漫不经心地指着陶瓮说：

"把那个附送给我好不好？"

"哦，从前做酒的，好多年不做了，你要就拿去吧！"

我高兴得快要笑出来，牛刀小试，原来我也如此善诈，她以为我是嫌盆栽的花盆太小，要移植到陶瓮里去。那老太婆向来很计较，如果让她知道我爱上那只陶瓮，她非猛敲一记不可。

陶瓮虽然只有尺许高容量却惊人，过年的时候，我把向推车乡下人买来的大白菜和萝卜全塞进去，隐隐觉得有一种沉坠坠喜滋滋的北方农家地窖子里的年景。

过年的时候存放阳明山橘子的是一口小水缸，那缸也是捡来的，巷子里拆违章建筑的时候，原主人不要的。缸平日放我想看而一时来不及看的报纸。

我们在桶店里买了两个木桶，上面还有竹制的箍子，大的那只装米，小的那只装糖，我用茶褐色把桶子的杉木料涂得旧兮兮的，放在厨房里。

婆婆有一只黑箱子，又老又笨，四面包着铁角，婆婆说要丢掉，我却喜欢它那副笨样子，要来了，当起居室的茶几。箱子里面是一家人的小箱子，我一直迷信着"每个孩子都是伴着一只小箱子长大的"，一只蝉壳，一张蝴蝶书签，一个茧，一块石头，那样琐琐碎碎的一只小盒子的牵挂。然后，人长大了，盒子也大了，一口锅，一根针，一张书桌，一面容过两个人三个人四个人的镜子……有一天才发现箱子大成了房子，男孩女孩大成了男人女人，那个盒子就是家了。

我曾在彰化买过五个磬，由大到小一路排下去，现在也拿来放在书桌上，每次累了，我就依次去敲一下，一时竟有点"古木无人径，深山何处钟"的错觉。

我一直没发现玩房子竟是这么好玩的，不知道别人看来，像不像在办"家家酒"？原来不搞壁纸、不搞地毯也是可以室内设计的。

我第一次一个人到澎湖去的时候，曾惊讶地站在一家小店门口。

"那是什么?"

"鲸鱼的脊骨,另外那个像长刀的是鲸鱼的肋骨。"

"怎么会有鲸鱼的骨头的?"

"有一条鲸鱼,冲到岸上来,不知怎么死了,后来海水冲刷了不知多少年,只剩下白骨了,有人发现,捡了来,放在这里卖,要是刚死的鲸鱼,骨头里全是油,哪里能碰!"

"脊椎骨一截多少钱?"

"大的一截六百。"

我买了个最大的来,那样巨大的脊椎节,分三个方向放射开来,有些生物是死得只剩骨头也还是很尊严高贵的。

我第二次去澎湖的时候,在市场里转来转去,居然看到了一截致密的竹根牛轭,喜欢得不得了,我一向以为只有木料才可以做轭,没想到澎湖的牛拉竹轭。

"你买这个干什么?"

虽然我也跟别人一样付一百八十元，可是老板非常不以为然。我想告诉他，有一本书，叫《圣经》，其中《马太福音》里有一段是这样说的：

你们应当负我的轭，学我的样式。

我又想说：

"负轭犁田的，岂只是牛，我们也得各自负起轭来，低着头，慢慢地走一段艰辛悠长的路。"

但我什么也没有说，只一路接受些并无恶意的怪笑，把那副轭和丈夫两人背回台北来。

对于摆设品，我喜欢诗中"无一字无来历"的办法，也就是说，我喜欢有故事有出身的东西。

而现在，鱼骨在客厅茶几上，像一座有着宗教意味的香炉。轭在高墙上挂着，像一枚"受苦者的图腾"。

床头悬的是一副箩筛，因为孔多，台湾人结婚用它预兆百子千孙，我们当然不想百子千孙，只想两子四孙，所以给筛子找了个"象征意义"，筛子也可以表示"精神绵延"，不过，这些都无关紧要，基本上我是从普通艺术的观点去惊看筛子的美感。筛子里放了两根路过新墨西哥州买的风干红玉米和杂色玉米。两根印第安人种的玉米，怎么会跑到中国人编的箩筛里来？也只能说是缘分吧！人跟物的聚散，或者物跟物的聚散，除了用缘分，你又能用什么解释呢？

除了这些，还有一种东西，我魂思梦想，却弄不到手，那就是石磨。太重了，没有缘，只好算了。

丈夫途经中部乡下买了两把秫秸扫把，算是对此番天翻地覆的整屋事件（作业的确从天花板弄到地板）的唯一贡献。我把它分别钉在墙上，权且当作画。帚加女就是"妇"，想到自己做了半生的执帚人，心里渐渐浮起一段话，托人去问台静农先生可不可以写，台先生也答应了，那段话是这样的：

"杜康以秫造酒，余则制帚（意指'秫秸扫帚'为'取秫造酒'后的余物），酒令天下浊，帚令天下清，吾欲倾东海洗乾坤，以天下为一洒扫也。"

我时而对壁发呆，不知怎么搞的，有时竟觉得台先生的书法已经悬在那里了，甚至，连我一直想在卧房门口挂的"有巢"和厨房里挂的"燧人"斗方，也恍惚一并写好悬在那里了——虽然我还迟迟没去拜望书法家。

　　九月开学，我室内设计的狂热慢慢冷了，但我一直记得，那个暑假我玩房子玩得真愉快。

有个叫“时间”的家伙走过

“这是什么菜?”晚餐桌上丈夫点头赞许,“这青菜好,我喜欢吃,以后多买这种菜。”

我听了,啼笑皆非,立即顶回去:

“见鬼哩,这是什么菜?这是青江菜,两个礼拜以前你还说这菜难吃,叫我以后再别买了。”

“怎么可能?”

“怎么不可能?上次买的老,这次买的嫩,其实都是它,你说爱吃的也是它,你说不爱吃的还是它。”

同样的东西,在不同时段上,差别之大,几乎会让你忘了它们原本是一个啊!

此刻委地的尘泥,曾是昨日枝头喧闹的春意,两者之间，谁才是那花呢？

今朝为蚁蝼食剩的枯骨，曾是昔时舞妓杨柳的软腰，两相参照谁方是那绝世的美人呢？

一把青江菜好吃不好吃，这里头竟然牵动起生命的大怆痛了。

你所爱的，和你所恶的，其实只是同一个对象，只不过，有一个名叫"时间"的家伙曾经走过而已。

饮啄篇

一饮一啄无不循天之功，因人之力，思之令人五内感激；至于一桌之上，含哺之恩，共箸之情，乡关之爱，泥土之亲，无不令人庄严——

白　柚

每年秋深的时候，我总要去买几只大白柚。

不知为什么，这件事年复一年地做着，后来竟变成一件郑重其事有如典仪一般的行为了。

大多数的人都只吃文旦，文旦是瘦小的，纤细的，柔和的，我嫌它甜得太软弱。我喜欢柚子，柚子长得极大，极重，不但圆，简直可以算作是扁的，好的柚瓣总是涨得太大，把瓣膜都能涨破了，真是不可思议。

　　吃柚子多半是在子夜时分，孩子睡了，我和丈夫在一盏灯下慢慢地剥开那芳香噀人的绿皮。柚瓣总是让我想到宇宙，想到彼此牵绊互相契合的万类万品。我们一瓣一瓣地吃完它，情绪上几乎有一种虔诚。

　　人间原是可以丰盈完整，相与相洽，像一只柚子。

　　当我老时，秋风冻合两肩的季节，你，仍偕我去市集上买一只白柚吗？灯下一圈柔黄，两头华发渐渐相对成两岸的芦苇，你仍与我共食一只美满丰盈的白柚吗？

面包出炉时刻

我最不能抗拒的食物，是谷类食物。

面包、烤饼、剔圆透亮的饭粒都使我忽然感到饥饿。现代人从某种意义上来说是"吃肉的一代"，但我很不光采地坚持着喜欢面和饭。

有次，是下雨天，在乡下的山上看一个陌生人的葬仪，主礼人捧着一箩谷子，一边洒一边念，"福禄子孙——有喔——"忽然觉得眼眶发热，忽然觉得五谷真华丽，真完美，黍稷的馨香是可以上荐神明，下慰死者的。

是三十岁那年吧，有一天，正慢慢地嚼着一口饭，忽然心中一惊，发现满口饭都是一粒一粒的种子。一想到种子立刻凛然敛容，不知道吃的是江南哪片水田里的稻种，不知道是经过几世几劫，假多少手流多少汗才到了台湾，也不知道它是来自嘉南平原还是遍野甘蔗被诗人形容甜如"一块方糖"的小城屏东。但不管这稻米是来自何处，我都感激，那里面有叨叨絮絮的深情切意，从唐虞上古直说到如今。

我也喜欢面包，非常喜欢。

面包店里总是涨溢着烘焙的香味，我有时不买什么也要进去闻闻。

冬天的下午如果碰上面包出炉时刻真是幸福，连街上的空气都一时喧哗哄动起来，大师傅捧着个黑铁盘子快步跑着，把烤得黄脆焦香的面包神话似的送到我们眼前。

我尤其喜欢那种粗大圆涨的麸皮面包，我有时竟会傻里傻气地买上一堆。传说里，道家修仙都要"避谷"，我不要"避谷"，我要做人，要闻它一辈子稻香麦香。

我有时弄不清楚我喜欢面包或者米饭的真正理由，我是爱那淡白质朴远超乎酸甜苦辣之上的无味之味吗？我是爱它那一直是穷人粮食的贫贱出身吗？我是迷上了那令我恍然如见先民的神圣肃穆的情感吗？或者，我只是爱那炊饭的锅子乍掀、烤炉初启的奇异喜悦呢？

我不知道，我只知道在这个杂乱的世纪能走尽长街，去伫立在一间面包店里等面包出炉的一刹那，是一件幸福的事。

球与煮饭

我每想到那个故事，心里就有点酸恻，有点欢忭，有点惆怅无奈，却又无限踏实。

那其实不是一则故事，那是报尾的一段小新闻，主角是王贞治的妻子，那阵子王贞治正是热门，他的全垒打眼见要赶到美国某球员的前面去了。

他果真赶过去了，全日本守在电视机前的观众疯了！他的两个孩子当然更疯了！

事后照例有记者去采访，要王贞治的妻子发表感想——记者真奇怪，他们老是假定别人一脑子都是感想。

"我当时正在厨房里烧菜——听到小孩大叫，

才知道的。"

不知道那是她生平的第几次烹调，孩子看完球是要吃饭的，丈夫打完球也是得侍候的，她日复一日守着厨房——没人来为她数记录，连她自己也没数过。世界上好像没有女人为自己的一日三餐数算记录。一个女人如果熬到五十年金婚，她会烧五万四千多顿饭，那真是疯狂，女人硬是把小小的厨房用馨香的火祭供成了庙宇了。她自己是终身以之的祭司，比任何僧侣都虔诚，一日三举火，风雨寒暑不断，那里面一定有些什么执着，一定有些什么令人落泪的温柔。

让全世界去为那一棒疯狂，对一个终身执棒的人而言，每一棒全垒打和另一棒全垒打其实都一样，都一样是一次完美的成就，但也都一样可以是一种身清气闲不着意的、有如呼吸一般既神圣又自如的一击。东方哲学里一切的好都是一种"常"态，"常"字真好，有一种天长地久无垠无限的大气魄。

那一天，全日本也许只有两个人没有守在电视机前，只有两个人没有盯着记录牌看，只有两个人没有发疯，那是王贞治的妻子和王贞治自己。

香　椿

香椿芽刚冒上来的时候，是暗红色，仿佛可以看见一股地液喷上来，把每片嫩叶都充了血。

每次回屏东娘家，我总要摘一大抱香椿芽回来。孩子们都不在家，老爸老妈坐对四棵前后院的香椿，当然是来不及吃的。

记忆里妈妈不种什么树，七个孩子已经够排成一列树栽子了，她总是说"都发了人了，就发不了树啦！"可是现在，大家都走了，爸妈倒是弄了前前后后满庭的花，满庭的树。

我踮起脚来，摘那最高的尖芽。

不知为什么，椿树在传统文学里被看作一种象征父亲的树。对我而言，椿树是父亲，椿树也是母亲，而我是站在树下摘树芽的小孩。那样坦然地摘着，那样心安理得地摘，仿佛做一棵香椿树就该给出这些嫩芽似的。

年复一年我摘取，年复一年，那棵树给予。

我的手指已习惯于接触那柔软潮湿的初生叶子的感觉，那种攀摘令人惊讶浩叹，那不胜柔弱的嫩芽上竟仍把得出大地的脉动，所有的树都是大地单向而流的血管，而香椿芽，是大地最细致的微血管。

我把主干拉弯，那树忍着，我把支干扯低，那树忍着，我把树芽采下，那树默无一语。我撇下树回头走了，那树在伤痕上自己努力结了疤，并且再长新芽，以供我下次攀摘。

我把树芽带回台北，放在冰箱里，不时取出几枝，切碎，和蛋，炒得喷香的，放在餐桌上，我的丈夫和孩子争着嚷说炒得太少了。

我把香椿夹进嘴里，急急地品味那奇异的芳烈的气味，世界仿佛一刹时凝止下来，浮士德在魔鬼给予的种种尘世欢乐之后仍然迟迟说不出口的那句话，我觉得我是能说的：

"太完美了，让时间在这一瞬间停止吧！"

不纯是为了那树芽的美味，而是为了那背后种种因缘，岛上最南端的小城，城里的老宅，老宅的故园，园中的树，象征父亲也象征母亲的树。

万物于人原来是可以如此亲和的。吃，原来也可以像宗教一般庄严肃穆的。

韭菜合子

我有时绕路跑到信义路四段，专为买几个韭菜合子。

我不喜欢油炸的那种，我喜欢干烙的。买韭菜合子的时候，心情照例是开朗的，即使排队等也觉高兴——因为毕竟证明吾道不孤，有那么多人喜欢它！我喜欢看那两个人合作无间地一个擀，一个烙，那种美好的搭配间仿佛有一种韵律似的。那种和谐不下于钟跟鼓的完美互足，或日跟夜的循环交替。

我其实并不喜欢韭菜的冲味，但却仍旧去买——只因为喜欢买，喜欢看热烫鼓腹的合子被一把长铁叉翻取出来的刹那。

我又喜欢"合子"那两个字，一切"有容"的食物都令我觉得神秘有趣，像包子、饺子、春卷，都各自含容着一个奇异的小世界，像宇宙包容着银河，一只合子也包容着一片小小的乾坤。

合子是北方的食物，一口咬下仿佛能咀嚼整个河套平原，那些麦田，那些杂粮，那些硬茧的手！那些一场骤雨乍过在后院里新剪的春韭。

我爱这种食物。

有一次，我找到漳州街，去买山东煎饼（一种杂粮混制的极薄的饼），但去晚了，房子拆了，我惆怅地站在路边，看那跋扈的大厦傲然地在搭钢筋，我不知到哪里去找那失落的饼。

而韭菜合子侥幸还在满街贩卖。

我是去买一样吃食吗？抑是去找寻一截可以摸可以嚼的乡愁？

瓜　子

丈夫喜欢瓜子，我渐渐也喜欢上了，老远地跑到西宁南路去买，只为他们在封套上印着"徐州"两个字。徐州是我没有去过的故乡。

人是一种麻烦的生物。

我们原来不必有一片屋顶的，可是我们要。

屋顶之外原来不必有四壁的，可是我们要。

四壁之间又为什么非有一盏秋香绿的灯呢？灯下又为什么非有一张桌子呢？桌子上摆完了三餐又为什么偏要一壶茶呢？茶边凭什么非要一碟瓜子不可呢？

可是，我们要，因为我们是人。我们要属于自己的安排。

欲求，也可以是正大光明的，也可以是"此心可质天地"的。偶尔，夜深时，我们各自看着书或看着报，各自嗑着瓜子，有一搭没一搭地聊着，上一句也许是愁烦小女儿不知从哪里搞来一只猫，偷偷放在阳台上养，中间一句也许是谈一个二十年前老友的婚姻，而下面一句也许忽然想到组团到美国演出还差多少经费。

我们说着话，瓜子壳渐渐堆成一座山。

许多事，许多情，许多说了的和没说的全在嗑瓜子的时刻完成。

孩子们也爱瓜子，可是不会嗑，我们把嗑好的白白的瓜子仁放在他们白白的小手上，他们总是一口吃了，回过头来说："还要!"

我们笑着把他们支走了。

嗑瓜子对我来说是过年的项目之一。小时候，听大人说："有钱天天过年，没钱天天过关。"

而嗑瓜子让我有天天过年的错觉。

事实上，哪一夜不是除夕呢? 每一夜，我们都要告别前身，每一黎明，我们都要面对更新的自己。

今夜，我们要不要一壶对坐，就着一灯一桌共一盘瓜子，说一兜说不完的话？

蚵仔面线

我带小女儿从永康街走过，两侧是饼香葱香以及烤鸡腿烤玉米烤番薯的香。

走过"米苔目"和肉粽的摊子，我带她在一锅蚵仔面线前站住。

"要不要吃一碗？"

她惊奇地看着那黏糊糊的线面，同意了，我给她叫了一碗，自己站在旁边看她吃。

她吃完一碗说：

"太好吃了，我还要一碗！"

我又给她叫一碗。

以后，她变成了蚵仔面线迷，又以后，不知怎么演变的，家里竟走出了一个法定的蚵仔面线日，规定每星期二一定要带他们吃一次，作为宵夜。这件事原来也没有认真，但直到有一天，因为有事不能带他们去，小女儿竟委屈地躲在床上偷哭，我们才发现事情原来比我们想象的要顶真。

那以后，到了星期二，即使是下雨，我们也只得去端一锅回来。不下雨的时候，我们便手拉手地去那摊边坐下，一边吃，一边看满街流动的彩色和声音。

一碗蚵仔面线里，有我们对这块土地的爱。

一个湖南人，一个江苏人，在这个岛上相遇，相爱，生了一儿一女，四个人坐在街缘的摊子上，摊子在永康街（多么好听的一条街）。而台北的街市总让我又悲又喜，环着永康的是连云，是临沂，是丽水，是青田（出产多么好的石头的地方啊！）而稍远的地方有属于孩子妈妈原籍的那条铜山街，更远一点，有属于孩子父亲的长沙街，我出生的地方叫金华，金华如今是一条街，我住过的地方是重庆、南京和柳州，重庆、南京和柳州也各是一条路。临别那块大陆是在广州，一到广州街总使我黯然。下船的地方是基隆，奇怪，连基隆也有一条路。

台北的路伸出纵横的手臂抱住中国的版图，而台北却又不失其为台北。

只是吃一碗蚵仔面线，只是在小小窄窄的永康街，却有我们和我们儿女对这块土地无限的爱。

衣履篇

人生于世，相知有几？而衣履相亲，亦凉薄世界中之一聚散也——

羊毛围巾

所有的巾都是温柔的，像汗巾、丝巾和羊毛围巾。

巾不用剪裁，巾没有形象，巾甚至没有尺码，巾是一种温柔得不会坚持自我形象的东西，它被捏在手里，包在头上，或绕在脖子上，巾是如此轻柔温暖，令人心疼。

巾也总是美丽的，那种母性的美丽，或抽纱或绣花，或泥金或描银，或是织棉，或是钩纱，巾总是美得那么细腻娴雅。

而这个世界是越来越容不下温柔和美丽了，罗伯特·泰勒死了，史都华·格兰杰老了，费·雯丽消失了，取代的是查理士·布朗逊，是〇〇七，是冷硬的简·芳达和费·唐娜薇。

唯有围巾仍旧维持着一份古典的温柔，一份美。

我有一条浅褐色的马海羊毛围巾，是新春去了壳的大麦仁的颜色，错觉上几乎嗅得到麸皮的干香。

即使在不怎么冷的日子，我也喜欢围上它，它是一条不起眼的围巾，但它的抚触轻暖，有如南风中的琴弦，把世界遗留在恻恻轻寒中，我的项间自有一圈暖意。

忽有一天，在惯行的山径上走，满山的芒草柔软地舒开，怎样的年年芒色啊！这才发现五节芒和我的羊毛围巾有着相同的色调和触觉，秋山寂清，秋容空寥，秋天也正自搭着一条芒巾吧，从山巅绕到低谷，从低谷拖到水湄，一条古旧温婉的围巾啊！

以你的两臂合抱我，我的围巾，在更冷的日子你将护住我的两耳焐着我的发。你照着我的形象而委屈地折叠你自己，从左侧环护我，从右侧萦绕我，你是柔韧而忠心的护城河，你在我的坚强梗硬里纵容我，让我也有些小小的柔弱，小小的无依，甚至小小的撒娇作痴。你在我意气风发飘然上举几乎要破躯而去的时候，静静地伸手挽住我，使我忽然意味到人世的温情，你使我猝然间软化下来，死心塌地留在人间。如山，留在茫茫扑扑的草阵里。

巾真的是温柔的，人间所有的巾，以我的那一条。

背　袋

　　我有一个背袋，用四方形碎牛皮拼成的，我几乎天天背着，一背竟背了五年多了。

　　每次用破了皮，我到鞋匠那里请他补，他起先还肯，渐渐地就好心地劝我不要太省了。

　　我拿它去干洗，老板娘含蓄地对我一笑，说："你大概很喜欢这个包吧？"

　　我说："是啊！"

　　她说："怪不得用得这么旧了！"

　　我背着那包，在街上走着，忽然看见一家别致的家具店，我一走进门，那闲坐无聊的小姐忽然迎上来，说：

　　"咦，你是学画的吧？"

　　我坚决地摇摇头。

　　不管怎么样，我舍不得丢掉它。

　　它是我所有使用过的皮包里唯一可以装得下一本《辞源》，外加一个饭盒的，它是那么大，那么轻，那么强韧可信。

在东方，囊袋常是神秘的，背袋里永远自有乾坤，我每次临出门把那装得鼓胀的旧背袋往肩上一搭，心中一时竟会万感交集起来。

多少钱，塞进又流出，多少书，放进又取出，那里面曾搁入我多少次午餐用的面包，又有多少信，多少报纸，多少学生的作业，多少名片，多少婚丧喜庆的消息在其中驻足而又消失。

一只背袋简直是一段小型的人生。

曾经，当孩子的乳牙掉了，你匆匆将它放进去。曾经，山径上迎面栽跌下一枚松果，你拾了往袋中一塞。有的时候是一叶青蕨，有的时候是一捧贝壳，有的时候是身份证、护照、公车票，有的时候是给那人买的袜子、熏鸡、鸭肫或者阿司匹林。

我爱那背袋，或者是因为我爱那些曾经真真实实发生过的生活。

背上袋子，两手就是空的，空了的双手让你觉得自在，觉得有无数可以掌握的好东西，你可以像国画上的隐士去策杖而游，你可以像英雄擎旗而战，而背袋不轻不重地在肩头，一种甜蜜的牵绊。

夜深时，我把整好的背袋放在床前，爱怜地抚弄那破旧的碎皮，像一个江湖艺人在把玩陈旧的行头，等待明晨的冲州撞府。

明晨，我仍将背上我的背袋去逐明日的风沙。

穿风衣的日子

香港人好像把那种衣服叫成"干湿楼"，那实在也是一个好名字，但我更喜欢我们在台湾的叫法——风衣。

每次穿上风衣，我会莫名其妙地异样起来，不知为什么，尤其刚扣好腰带的时候，我在错觉上总怀疑自己就要出发去流浪。

穿上风衣，只觉风雨在前路飘摇，小巷外有万里未知的路在等着，我有着一蓑烟雨任平生的莽莽情怀。

穿风衣的日子是该起风的，不管是初来乍到还不惯于温柔的春风，或是绿色退潮后寒意陡起的秋风。风在云端叫你，风透过千柯万叶以苍凉的颤音叫你，穿风衣的日子总无端地令人凄凉——但也因而无端地令人雄壮。

穿了风衣，好像就该有个故事要起头了。

必然有风在江南，吹绿了两岸，两岸的杨柳帷幕……

必然有风在塞北，拨开野草，让你惊见大漠的牛羊……

必然有风像旧戏中的流云彩带，圆转柔和地圈住一千一百万平方公里的海棠残叶。

必然有风像歌，像笛，一夜之间散遍洛城。

曾翻阅过汉高祖的白云的，曾翻阅唐玄宗的牡丹的，曾翻阅陆放翁的大散关的，那风，今天也翻阅你满额的青发，而你着一袭风衣，走在千古的风里。

风是不是天地的长喟？风是不是大块在血气涌腾之际搅起的不安？

风鼓起风衣的大翻领，风吹起风衣的下摆，刷刷地打我的腿。我瞿然四顾，人生是这样辽阔，我觉得有无限渺远的天涯在等我。

旅行鞋

那双鞋是麂皮的，黄铜色，看起来有着美好的质感，下面是软平的胶底，足有两公分厚。

鞋子的样子极笨，秃头，上面穿鞋带，看起来牢靠结实，好像能穿一辈子似的。

想起"一辈子"，心里不免怆然暗惊，但惊的是什么，也说不上来，一辈子到底是什么意思，半生又是什么意思？七十年是什么？多于七十或者少于七十又是什么？

每次穿那鞋，我都忍不住问自己，一辈子是什么？我拼命思索，但我依然不知道一辈子是什么。

已经四年了，那鞋秃笨厚实如昔，我不免有些恐惧，会不会，有一天，我已老去，再不能赴空山灵雨的召唤，再不能一跃而起前赴五湖三江的邀约，而它，却依然完好。

事实上，我穿那鞋，总是在我心情最好的时候，它是一双旅行鞋，我每穿上它，便意味着有一段好时间好风光在等我，别的鞋底惯于踏一片黑沉沉的柏油，但这一双，踏的是海边的湿沙，岸上的紫岩，它踏过山中的泉涧，蹀尽林下的月光。但无论如何，我每见它时，总有一丝怅然。

也许不为什么，只为它是我唯一穿上以后真真实实去走路的一双鞋，只因我们一起踩遍花朝月夕万里灰沙。

或穿或不穿，或行或止，那鞋常使我惊奇。

牛仔长裙

牛仔布，是当然该用来作牛仔裤的。

穿上牛仔裤显然应该属于另外一个世界，但令人讶异的是牛仔布渐渐地不同了，它开始接受了旧有的世界，而旧世界也接受了牛仔布，于是懒裙和牛仔长裙出现了。原来牛仔布也可以是柔和美丽的，牛仔马甲和牛仔西装上衣、牛仔大衣也出现了，原来牛仔布也可以是典雅庄重的。

我买了一条牛仔长裙，深蓝的，直拖到地，我喜欢得要命。旅途中，我一口气把它连穿七十天，脏了，就在朋友家的洗衣机里洗好、烘好，依旧穿在身上。

真是有点疯狂。

可是我喜欢带点疯狂时的自己。

所以我喜欢那条牛仔长裙，以及穿长裙时候的自己。

对旅人而言，多余的衣服是不必的，没有人知道你昨天穿什么，所以，今天，在这个新驿站，你有权利再穿昨天的那件，旅人是没有衣橱没有穿衣镜的，在夏天，旅人可凭两衫一裙走天涯。

假期结束时，我又回到学校，牛仔长裙挂起

来，我规规矩矩穿我该穿的衣服。

只是，每次，当我拿出那条裙子的时候，我的心里依然涨满喜悦，穿上那条裙子，我就不再是母亲的女儿或女儿的母亲，不再是老师的学生或学生的老师，我不再有任何头衔任何职分。我也不是别人的妻子，不必管那四十二坪的公寓。牛仔长裙对我而言渐渐变成了一件魔术衣，一旦穿上，我就只是我，不归于任何人，甚至不隶属于大化。因为当我一路走，走入山，走入水，走入风，走入云，走着，走着，事实上竟是根本把自己走成了大化。

那时候，我变成了无以名之的我，一径而去，比无垠雪地上身披猩红斗篷的宝玉更自如，因为连左右的一僧一道都不存在。我只是我，一无所系，一无所属，快活得要发疯。

只是，时间一到，我仍然回来，扮演我被同情或被羡慕的角色，我又成了有以名之的我。

我因此总是用一种异样的情感爱我的牛仔长裙，以及身系长裙时的自己。

项　链

温柔之必要

肯定之必要

一点点酒和木樨花之必要

那句子是痖弦说的。

项链，也许本来也是完全不必要的一种东西，但它显然又是必要的，它甚至是跟人类文明史一样长远的。

或者是一串贝壳，一枚野猪牙，或者是埃及人的黄金项圈，或者是印第安人的天青色石头，或者是中国人的珠圈玉坠，或者是罗马人的古钱，以至土耳其人的宝石……项链委实是一种必要。

不单项链，一切的手镯、臂钏，一切的耳环、指环、头簪和胸针，都是必要的。

怎么可能有女孩子会没有一只小盒子呢？

怎么可能那只盒子里会没有一圈项链呢？

田间的番薯叶，堤上的小野花，都可以是即兴式的项链。而做小女孩的时候，总幻想自己是美丽的，吃完了释迦果，黑褐色的种子是项链；连爸爸抽完了烟，那层玻璃纸也被扭成花样，串成一环，那条玻璃纸的项链终于只做成半串，爸爸的烟抽得太少，而我长大得太快。

渐渐地，也有了一盒可以把玩的项链了，竹子的、木头的、石头的、陶瓷的、骨头的、果核的、贝壳的、镶嵌玻璃的，总之，除了一枚值四百元的玉坠，全是些不值钱的东西。

可是，那盒子有多动人啊！

小女儿总是瞪大眼睛看那盒子，所有的女儿都曾喜欢"借用"妈妈的宝藏，但她真正借去的，其实是妈妈的青春。

我最爱的一条项链是骨头刻的（刻骨两个字真深沉，让人想到刻骨铭心，而我竟有一枚真实的刻骨，简直不可思议），以一条细皮革系着，刻的是一个拇指大的襁褓中的小娃娃，圆圆扁扁的脸，可爱得要命。买的地方是印第安村，卖的人也说刻的是印第安婴儿，因为只有印第安人才把娃娃用绳子绑起来养。

我一看，几乎失声叫起来，我们中国娃娃也是这样的呀，我忍不住买了。

小女儿问我那娃娃是谁，我说：

"就是你呀！"

她仔细地看了一番，果真相信了，满心欢喜兴奋，不时拿出来摸摸弄弄，真以为就是她自己的塑像。

我其实没有骗她，那骨刻项链的正确名字应该叫作"婴儿"，它可以是印第安的婴儿，可以是中国婴儿，可以是日本婴儿，它可以是任何人的儿子、女儿，或者它甚至可以是那人自己。

我将它当胸而挂，贴近心脏的高度，它使我想到"彼亦人子也"，我的心跳几乎也因此温柔起来，我会想起孩子极幼小的时候，想起所有人类在襁褓中的笑容。

挂那条项链的时候，我真的相信，我和它，彼此都美丽起来了。

红绒背心

那件红绒背心是我怀孕的时候穿的，下缘极宽，穿起来像一口钟。

那原是一件旧衣，别人送给我的，一色极纯的玫瑰红，大口袋上镶着一条古典的花边。

其他的孕妇装我全送人了，只留下这一件舍不得，挂在贮藏室里。它总是牵动着一些什么，平伏着一些什么。

怀孕的日子的那些不快不知为什么，想起来都模糊了。那些疼痛和磨难竟然怎么想都记不真切。真奇怪，生育竟是生产的人和被生的人都说不清楚过程的一件事。

而那样惊天动地的过程，那种参天地之化育的神秘经验，此刻几乎等于完全不存在了，仿佛星辰，你虽知道它在亿万年前成形，却完全不能重复那份记忆，你只见日升月恒，万象回环，你只觉无限敬畏。世上的事原来是可以在混沌噩然中成其为美好的。

而那件红绒背心悬在那里，柔软鲜艳，那样真实，让你想起自己怀孕时期像一块璞石含容着一块玉的旧事。那时，曾有两脉心跳，交响于一副胸膛之内——而胸膛，在火色迸发的红绒背心之内。对我而言，它不是一件衣服，而是孩子的"创世纪"，我每怅望着它，就重温小胎儿在腹中来不及地膨胀时的力感。那时候，作为一个孕妇，怀着的竟是一个急速增大的银河系。真的，那时候，所有的孕妇是宇宙，有万种庄严。

　　而孩子大了，在那里自顾自地玩着他的集邮册或彩色笔。一年复一年，寒来暑往，我整衣服的时候，总看见那像见证人似的红绒背心悬在那里，然后，我习惯地转眼去看孩子，我感到寂寥和甜蜜。

一句好话

　　小时候过年，大人总要我们说吉祥话，但碌碌半生，竟有一天我也要教自己的孩子说吉祥话了，才蓦然警觉这世间好话是真有的，令人思之不尽，但却不是"升官""发财""添丁"这一类的，好话是什么呢？冬夜的晚上，从爆白果的馨香里，我有一句没一句地想起来了……

　　"你们爱吃肥肉还是瘦肉？"

　　讲故事的是个年轻的女佣名叫阿密，那一年我八岁，听善忘的她一遍遍重复讲这个她自己觉得非常好听的故事，不免腻烦，故事是这样的：

有个人啦，欠人家钱，一直欠，欠到过年都没有还哩，因为没有钱还嘛。后来那个债主不高兴了，他不甘心，所以到了吃年夜饭的时候，就偷偷跑到欠钱人的家里，躲在门口偷听，想知道他是真没有钱还是假没有钱，听到开饭了，那欠钱的人说：

"今年过年，我们来大吃一顿，你们小孩子爱吃肥肉还是瘦肉？"（顺便插一句嘴，这是个老故事，那年头的肥肉瘦肉都是无上美味。）那债主站在门外，听得清清楚楚，气得要死，心里想，你欠我钱，害我过年不方便，你们自己原来还有肥肉瘦肉拣着吃哩！他一气，就冲进屋里，要当面给欠钱的人好看。等到跑到桌子旁一看，哪里有肉，只有一碗萝卜一碗番薯。欠钱的人站起来说："没有办法，过年嘛，萝卜就算是肥肉，番薯就算是瘦肉，小孩子嘛！"

原来他们的肥肉就是白白的萝卜，瘦肉就是红红的番薯。他们是真穷啊，债主心软了，钱也不要了，跑回家去过年了。

许多年过去了，这个故事每到吃年夜饭时总会自动回到我的耳畔，它分明已是一个不合时宜的老故事，但那个穷父亲的话多么好啊，难关要过，礼仪要守，钱却没有，但只要相恤相存，菜根也自有肥腴厚味吧！

在生命宴席极寒俭的时候，在关隘极窄极难过的时候，我仍要打起精神对自己说：

"喂，你爱吃肥肉还是瘦肉？"

"我喜欢跟你用同一个时间"

他去欧洲开会，然后转美国，前后两个月才回家，我去机场接他，提醒他说：

"把你的表拨回来吧，现在要用中国时间了。"

他愣了一下，说：

"我的表一直是中国时间啊！我根本没有拨过去！"

"那多不方便！"

"也没什么，留着中国的时间，我才知道你和小孩在干什么，我才能想象，现在你在吃饭，现在你在睡觉，现在你起来了……我喜欢跟你用同一个时间。"

他说那句话，算来也有十年了，却像一幅挂在门额的绣锦，鲜色的底子历经岁月却仍然认得出是强旺的火红。我和他，只不过是凡世中平凡又平凡的男子和女子，注定是没有情节可述的人，但久别乍逢的淡淡一句话里，却也有我一生惊动不已、感念不尽的恩情。

"好咖啡总是放在热杯子里的！"

经过罗马的时候，一位新识不久的朋友执意要带我们去喝咖啡。

"很好喝的，喝了一辈子难忘！"

我们跟着他东抹西拐大街小巷地走，石块拼成的街道美丽繁复，走久了，让人会忘记目的地，竟以为自己是出来踏石块的。

忽然，一阵咖啡浓香侵袭过来，不用主人指引，自然知道咖啡店到了。

咖啡放在小白瓷杯里，白瓷很厚，和中国人爱用的薄瓷相比，另有一番稳重笃实的感觉。店里的人都专心品咖啡，心无旁骛。

侍者从一个特殊的保暖器里为我们拿出杯子，我捧在手里，忍不住讶道：

"咦，这杯子本身就是热的哩！"侍者转身，微微一躬，说：

"女士，好咖啡总是放在热杯子里的！"

他的表情既不兴奋，也不骄矜，甚至连广告意味的夸大也没有，只是淡淡地在说一件天经地义的事而已。

是的，好咖啡总是应该斟在热杯子里的，凉杯子会把咖啡带凉了，香气想来就会蚀掉一些，其实好茶好酒不也都如此吗？

原来连"物"也是如此自矜自重的，《庄子》中的好鸟择枝而栖，西洋故事里的宝剑深楔石中，等待大英雄来抽拔，都是一番万物的清贵，不肯轻易亵慢了自己。古代的禅师每从喝茶啜粥中去感悟众生。不知道罗马街头那端咖啡的侍者也有什么要告诉我，我多愿自己也是一份千研万磨后的香醇，并且慎重地斟在一只洁白温暖的厚瓷杯里，带动一个美丽的清晨。

"将来我们一起老"

其实，那天的会议倒是很正经的，仿佛是有关学校的研究和发展之类的。

有位老师站了起来，说：

"我们是个新学校，老师进来的时候都一样年轻，将来要老，我们就一起老了……"

我听了，简直是急痛攻心，赶紧别过头去，免得让别人看见我的眼泪——从来没想到原来同事之间的萍水因缘也可以是这样的一生一世啊！学院里平日大家都忙，有的分析草药，有的解剖小狗，有的带学生做手术，有的正埋首典籍……研究范围相差既远，大家都不暇顾及别人，然而在一度度的后山蝉鸣里，在一阵阵的上课钟声间，在满山台湾相思芬芳的韵律中，我们终将垂垂老去，一起交出我们的青春而老去。

能为一个学校而老，能跟其他的一时俊彦一起老，能看着一批批的孩子长大而心安理得地去老，也算是一种幸福吧？

"你长大了，要做人了！"

汪老师的家是我读大学的时候就常去的，他们没有子女，我在那里从他读"花间词"，跟着他的笛子唱昆曲，并且还留下来吃温暖的羊肉涮锅……

大学毕业，我做了助教，依旧常去。有一次，因为买不起一本昂价的书，便去找老师给我写张名片，想得到一点折扣优待。等名片写好了，我拿来一看，忍不住叫了起来：

"老师，你写错了，你怎么写'兹介绍同事张晓风'，应该写'学生张晓风'的呀！"

老师把名片接过去，看着我，缓缓地说：

"我没有写错，你不懂，就是要这样写的，你以前是我的学生，以后私底下也是，但现在我们在一所学校里，你是助教，我是教授，阶级虽不同却都是教员，我们不是同事是什么？你不要小孩子脾气不改，你现在长大了，要做人了，我把你写成同事是给你做脸，不然老是'同学''同学'的，你哪一天才成人？要记得，你长大了，要做人了！"

那天，我拿着老师的名片去买书，得到了满意的折扣，至于省掉了多少钱我早已忘记，但不能忘记的却是名片背后的那番话。直到那一刻，我才在老师的爱纵推重里知道自己是与学者同其尊、与长者同其荣的，我也许看来不"像"老师的同事，却已的确"是"老师的同事了。

竟有一句话使我一夕成长。

鼻子底下就是路

走下地下铁，只见中环车站人潮汹涌，是名副其实的"潮"，一波复一波，一涛叠一涛。在世界各大城的地下铁里，香港因为开始得晚，反而后来居上，做得非常壮观利落。但车站也的确大，搞不好明明要走出去的却偏偏会走回来。

我站住，盘算一番，要去找个人来问话。虽然满车站都是人，但我问路自有我精挑细选的原则：

第一，此人必须慈眉善目，犯不上问路问上凶煞恶神。

第二，此人走路速度必须不徐不疾，走得太快的人你一句话没说完，他已窜到十公尺外去了，问了等于白问。

第三，如果能碰到一对夫妇或情侣最好，一方面"一箭双雕"，两个人里面至少总有一个会知道你要问的路，另一方面大城市里的孤身女子甚至孤身男子都相当自危，陌生人上来搭话，难免让人害怕，一对人就自然而然的胆子大多了。

第四，偶然能向慧黠自信的女孩问上话也不错，她们偶或一时兴起，也会陪我走上一段路的。

第五，站在路边作等人状的年轻人千万别去问，他们的一颗心早因为对方的迟到急得沸腾起来，哪里有情绪理你，他和你说话之际，一分神说不定就和对方错开了，那怎么可以！

今天运气不错，那两个边说边笑的、衣着清爽的年轻女孩看起来就很理想，我于是赶上前去，问：

"母该垒（"不该你"，即对不起之意），'德辅道中'顶航（顶是"怎"的意思，航是"行走"的意思）？"我用的是新学的广东话。

"啊！果边航（这边行）就得了（就可以了）！"

两人还把我送到正确的出口处，指了方向，甚至还问我是不是台湾来的，才道了再见。

其实，我皮包里是有一份地图的，但我喜欢问路，地图太现代感了我不习惯，我仍然喜欢旧小说里的行路人，跨马来到三岔路口，跳下马唱声喏，对路边下棋的老者问道：

"老伯，此去柳家庄悦来客栈打哪里走？约莫还有多远脚程？"

老者抬头，骑者一脸英气逼人，老者为他指了路，无限可能的情节在读者面前展开……我爱的是这种问路，问路几乎是我碰到机会就要发作的怪癖，原因很简单，我喜欢问路。

至于我为什么喜欢问路，则和外婆有很大的关系。外婆不识字，且又早逝，我对她的记忆多半是片段的，例如她喜欢自己捻棉成线，工具是一只筷子和一枚制钱，但她令我最心折的一点却是从母亲听来的：

"小时候，你外婆常支使我们去跑腿，叫我们到××路去办事，我从小胆小，就说：'妈妈，那条路在哪里？我不会走啊！'你外婆脾气坏，立刻骂起来'不认路，不认路，你真没用，路——鼻子底下就是路。'我听不懂，说：'妈妈，鼻子底下哪有路呀？'后来才明白，原来你外婆是说鼻子底下就是嘴，有嘴就能问路！"

我从那一刹立刻迷上我的外婆，包括她的漂亮，她的不识字的智慧，她把长工短工田产地产管得井井有条的精力以及她蛮横的坏脾气。

由于外婆的一句话，我总是告诉自己，何必去走冤枉路呢？宁可一路走一路问，宁可在别人的恩惠和善意中立身，宁可像赖皮的小幺儿去仰仗哥哥姐姐的威风。渐渐地才发现能去问路也是一项权利，是立志不做圣贤不做先知的人的最幸福的权利。

每次，我所问到的，岂止是一条路的方向，难道不也是冷漠的都市人的一颗犹温的心吗？而另一方面，在人生的版图上我不自量力，叩前贤以求大音，所要问的，不也是可度的津口可行的阡陌吗？

每一次，我在陌生的城里问路，每一次我接受陌生人的指点和微笑，我都会想起外婆，谁也不是一出世就藏有一张地图的人，天涯的道路也无非边走边问，一路问出来的啊！

Chapter4
初　雪

你即将长大，孩子，每一次，当你轻轻地颤动，爱情便在我的心里急速涨潮。你是小芽，蕴藏在我最深的深心里，如同音乐蕴藏在长长的箫笛中。

圣　火

妹妹：

　　此刻我刚从你那里回来，夜在这小小的盘谷中真是美得不可名状，当我一路从小径上奔回来的时候，纵然空气中已浮泛着初秋的凉意，但我心中却燃起一堆熊熊的火焰。繁星的微光在天上闪烁着，在小溪里摇晃着，溪水中拌入了糖粒般的星子，想必更甘冽了吧？我真想俯身啜上几口呢！

　　回到宿舍以后，接到苹的信，她说："代我祝贺你妹妹金榜题名，你是我前所未见的好姐姐。"我当然不敢接受她的恭维，但是听到有一个人祝贺你，我就感到比全世界的人都来祝贺我更快乐。

　　我太兴奋，兴奋到几乎无法冷静下来的程度，这些日子来你的升学成为我唯一的祈愿，我曾在暗中偷偷地担过忧，如今却能畅畅快快地舒一口气了，再没有一件事比这件事令我更快乐——即使我自己毕业后顺利擢升助教的事。

现在，我就独坐在这间助教寝室里，孤寂中我更能感觉到你的同在。我的手中正捏着一张精美的包装纸，四年了，它原有的鲜艳已经褪去，而今天这里面所包的东西又已经移交给你，只是我仍能感到那沉甸甸的重量，压在我的指间，压在我的心上，使我想起一本智慧之书上面的话："爱之坚强，乃众水所不能熄灭，大水所不能淹没者。"此刻，这种坚强的爱使我的手臂感到一种沉重而庄严的负荷。这爱，使我自觉伟大，也自觉渺小。

你愿意听听这个故事吗？妹妹。这故事比我小时候胡扯的神圣故事要美得多呢！你还记得十几年前我第一次放学回家时曾向你转述了一个巨人的故事吗？嗯，现在我的故事仍是说到一个神奇的巨人，他曾帮助我，当我穿过漫长而阴险的森林，是他把一丛丛多刺的荆棘变成清幽的百合花。

那是四年前的一个夏夜，在那几乎被密生的榕树所遮住的庭园中，一切的行李都整理妥当了。浑圆的门灯悬在檐下，像一颗危颤欲坠的泪球，我迟疑地和母亲说了声再见，便伪装成兴致冲冲的样子，乘车而去。我不敢要人给我送行，自己一路滴着泪，伤心地踏上北驶的火车，当时如果有人曾经留意我，他绝不会从我这副凄惨的颜色中看出我是北上就学去的。

　　当时，这张精美的花纸已经在我手中了，那是挥别时母亲交给我的。我还记得她温和得像当晚夜色一般的声音，她说："这是两百块，你留着塞在箱子底下，平常不要去动它，万一有病了，就用它来救急。"我把它放在箱子底下，称它为预备金，这是二十张崭新的连号票子，我常常喜欢拿出来看一下，一面很有兴味地想到自己是否真的会生什么大病，脑海里带着兴奋和好奇幻想异乡病榻的滋味。

　　一年过去了，我生活得健康而愉快，那两百块钱依然不曾少掉一角，后来我偶然在女友瑟的纤指上发现一枚小小的指环，她笑着向我解释："都是我那老妈妈呢！她怕我一个人在台北说不定早晚就病死啦，所以逼我戴这东西，叫我有急事的时候就拿去卖掉！"

我在她轻松而不经意的笑容中感到一阵心酸，天下父母，何其相似，我匆匆走到那口箱子前面，默默地取出这叠纸币，我感到那薄薄的票子在我眼前倏而幻成一座二十层的爱之高塔，我不禁将它揣在怀中，我的心在无言中深深地膜拜着。

有一次，杨突然病了，我便把这笔款子借给她作急诊用，事后她还我的时候竟也是二十张崭新的连号票子。当她向我表示谢意的时候，我感到极大的喜悦，她说："我知道你是珍爱它的，所以我也找到了同样的票子来还给你，让你觉得这还是当初你母亲交给你的那一叠。"但我却并不以为仍是原来的那一叠，因为我感到这笔钱已经因着母爱和友爱的缘故有了双重的光辉。

四年来，我除了感冒外就没有生过其他的病，每次病的时候总有朋友们为我料理医药和食物，我病得舒适而安逸——这笔钱一直无法用在病症上了，多么奇妙啊，妹妹，是爱，使我得到这笔钱，是爱，使我保有它。

有时候，当我经济比较拮据的时候，不免要想到那二百块钱，但我从来不敢真的去动用它，每次看着它，总让我想起一些神圣的意义。渐渐的，那钞票的图案褪隐掉了，我几乎已经忘记那是一把可以花用的钱，我只觉得这是一束美丽的小笺，写着母亲对我的期待和眷顾，也写着朋友们对我的关怀与善意。

而今年，你在一番奋斗之后也考取了你所向往的学校，母亲对我说："你好好地照应她，不要让她像个断了线的风筝。"啊，妹妹，怎么会呢？我是多么甘心做一根坚韧的线，和你紧紧地系在一起，当你高高地挂在青空里，我但愿人人都仰望着你的高度，而忘记这根平直而无奇的线。

如今，我已经能够自立了，我可以有机会赚到很多个两百元，但这笔钱却一直是我最大的财富，今晚，我把这笔财富交给你，并且让它再加上一份姐姐的友谊。当我对你说："好好收着，不要用，除非有什么意外发生。"我的心中便充满了从母亲那儿学会的爱，刹那之间，我又忆起四年前那个美丽的夏夜，以及母亲亲切的叮咛，一时我竟分不清母亲对我说的话，和我对你说的话，我只感到自己心的山谷中，反复回荡着爱的声音。相信你在接到它的时候，除了感到沉重外，一定感到那份温热——就像在古老的年代中，一个英雄自另一个英雄手中接过一把神圣的火种一样。瞧，妹妹，你的道路何尝不是漫长而危险呢？让我把这火炬放在你的手里，那光和热自会帮助你的——让它如同一个好心肠的巨人，帮助一个小女孩穿过险恶的山岭一样。

你喜欢这故事吗？妹妹。我多么渴望着你平稳地向前走去，当初我一人到台北来的时候，伴着我的只有三箱子书罢了。我独自奋斗着，挣扎着，像红色砂地上的垦荒者，要替自己修出一条路来。而现在，你也来了。如果刚一踏上这陌生的城市，便能在茫茫人海中发现一张熟悉的脸，这多么幸福！

你能够有人陪着你，能够得到师长额外的照应，能够顺利地安排好一切，也能够免去许多新生的烦恼，你可曾想到前人的足迹呢？你是否也愿意开始跋涉呢？

我庆幸自己能在你立身之初，助你一臂之力，了我一向的心愿。我曾接受得太多，而今我也把它给你。是的，妹妹，当我将这神圣的火炬交在你手中，我多么希望你也慎重地接住它，让那永不熄灭的圣火燃烧在你心中。或许有一天你也会把这熊熊的爱之火炬递给别人，但那份光热，仍将永远存在你的心中。

初 雪

诗诗，我的孩子：

如果五月的花香有其源自，如果十二月的星光有其出发的处所，我知道，你便是从那里来的。

这些日子以来，痛苦和欢欣都如此尖锐，我惊奇在它们之间区别竟是这样的小。每当我为你受苦的时候，总觉得那十字架是那样轻省。于是我忽然了解了我对你的爱情，你是早春，把芬芳秘密地带给了园。

在全人类里，我有权利成为第一个爱你的人。他们必须看见你、了解你、认识你而后才决定爱你，但我不需要。你的笑貌在我的梦里翱翔，具体而又真实。我爱你没有什么可夸耀的，事实上没有人能忍得住对孩子的爱情。

你来的时候，我开始成为一个爱思想的人，我从来没有这样深思过生命的意义，这样敬重过生命的价值，我第一次被生命的神圣和庄严感动了。

因着你，我爱了全人类，甚至那些金黄色的雏鸡，甚至那些走起路来摇摆不定的小狗，它们全都让我爱得心疼。

我无可避免地想到战争，想到人类最不可抵御的一种悲剧。我们这一代人像菌类植物一般，生活在战争的阴影里。我们的童年便在拥塞的火车上和颠簸的海船里度过。而你，我能给你怎样的一个时代？我们既不能回到诗一般的十九世纪，也不能隐向神话般的阿尔卑斯山，我们注定生活在这苦难的年代，以及苦难的中国。

孩子，每思及此，我就对你抱歉，人类的愚蠢和卑劣把自己陷在悲惨的命运里。而今，在这充满核子恐怖的地球上，我们有什么给新生的婴儿？不是金锁片，不是香槟酒，而是每人平均相当一百万吨 TNT（一种烈性炸药）的核子威力。孩子，当你用完全信任的眼光看这个世界的时候，你是否看得见那些残忍的武器正悬在你小小的摇篮上，以及你父母亲的大床上？

我生你于这样一个世界，我也许是错了。天知道我们为你安排了一段怎样的旅程。

但是，孩子，我们仍然要你来，我们愿意你和我们一起学习爱人类，并且和人类一起受苦。不久，你将学会为这一切的悲剧而流泪——而我们的时代多么需要这样的泪水和祈祷。

诗诗，我的孩子，有了你我开始变得坚忍而勇敢。我竟然可以面对着冰冷的死亡而无惧于它的毒钩。我正视着生产的苦难而仍觉傲然。为你，孩子，我会去胜过它们。我从没有像现在这样热爱过生命。你教会我这样多成熟的思想和高贵的情操，我为你而献上感谢。

前些日子，我忽然想起《新约》上的那句话："你们虽然没有见过他，却是爱他。"我立刻明白爱是一种怎样独立的感情。当尤加利的梢头掠过更多的北风，当高山的峰巅开始落下第一片初雪的莹白，你便会来到。而在你珊瑚色的四肢还没有开始在这个世界挥舞以前，在你黑玉的瞳仁还没有照耀这个城市之先，你已拥有我们完整的爱情。我们会教导你，在孩提以前先了解被爱。诗诗，我们答应你，要给你一个快乐的童年。

写到这里，我又模糊地忆起江南那些那么好的春天，而我们总是伏在火车的小窗上，火车绕着山和水而行，日子似乎就那样延续着。我仍记得那满山满谷的野杜鹃！满山满谷又凄凉又美丽的忧愁！

我们是太早懂得忧愁的一代。

而诗诗，你的时代未必就没有忧愁，但我们总会给你一个丰富的童年，在你所居住的屋顶下没有属于这个世界的财富，但有许多的爱、许多的书、许多的理想和梦幻。我们会为你砌一座故事里的玫瑰花床，你便在那柔软的花瓣上游戏和休息。

当你渐渐认识你的父亲，诗诗，你会惊奇于自己的幸运，他诚实而高贵，他亲切而善良。慢慢地你也会发现你的父母相爱得有多么深。经过这样多年，他们的爱仍然像林间的松风，清馨而又新鲜。

诗诗，我的孩子，不要以为这是必然的，这样的幸运不是每一个孩子都有的。这个世界不是每一对父母都相爱的。曾有多少个孩子在黑夜里独泣，在他们还没有正式投入人生的时候，生命的意义便已经被否定了。诗诗，诗诗，你不会了解那种幻灭的痛苦，在所有的悲剧之前，那是第一出悲剧。而事实上，整个人类都在相残着，历史并没有教会人类相爱。诗诗，你去教他们相爱吧，像那位诗哲所说的：他们残暴地贪婪着、嫉妒着，他们的言辞有如隐藏的刀锋正渴于饮血。

去，我的孩子，去站在他们不欢之心的中间，让你温和的眼睛落在他们身上，有如黄昏的柔霭淹没那日间的争扰。

让他们看你的脸，我的孩子，因而知道一切事物的意义，让他们爱你，因而彼此相爱。

诗诗，有一天你会明白，上苍不会容许你吝守着你所继承的爱。诗诗，爱是蕾，它必须绽放。它必须在疼痛的破拆中献出芳香。

诗诗，你也教导我们学习更多、更高的爱。记得前几天，一则药商的广告使我惊骇不已，那广告是这样说的："孩子，不该比别人的衰弱。下一代的健康关系着我们的面子。要是孩子长得比别人的健康、美丽、快乐，该多好、多荣耀啊。"诗诗，人性的卑劣使我不禁齿冷。诗诗，我爱你，我答应你，永不在我对你的爱里掺入不纯洁的成分。你就是你，你永不会被我们拿来和别人比较，你不需要为满足父母的虚荣心而痛苦。你在我们眼中永远杰出，你可以贫穷、可以失败，甚至可以潦倒。诗诗，如果我们骄傲，是为你本身而骄傲，不是为你的健康、美丽或者聪明。你是人，不是我们培养的灌木，我们绝不会把你修剪成某种形态，来让别人称赞我们的园艺天才。你可以照你的倾向生长，你选择什么样式，我们都会喜欢——或者学习着去喜欢。

我们会竭力地去了解你，我们会慎重地俯下身去听你述说一个孩童的秘密愿望。我们会带着同情与谅解，帮助你度过忧闷的少年时期。而当你成年，诗诗，我们仍愿分担你的哀伤，人生总有一些悲怆和无奈的事。诗诗，如果在未来的日子里你感觉孤单，请记住你的母亲，我们的生命曾一度相系，我会努力使这种联系持续到永恒。我再说，诗诗，我们会试着了解你，以及属于你的时代。我们会信任你——上帝从未赐下坏的婴孩。

我们会为你祈祷，孩子，我们不知道那些古老而太平的岁月会在什么时候重现。那种好日子终我们一生也许都看不见了。

如果这种承平永远不会重现，那么，诗诗，那也是无可抗拒、无可挽回的事。我只有祝福你的心灵，能在苦难的岁月里有内在的宁静。

常常记得，诗诗，你不单是我们的孩子，你也属于山，属于海，属于五月里无云的天空——而这一切，将永远是人类欢乐的主题。

你即将长大，孩子，每一次，当你轻轻地颤动，爱情便在我的心里急速涨潮。你是小芽，蕴藏在我最深的深心里，如同音乐蕴藏在长长的箫笛中。

前些日子，有人告诉我一则美丽的日本故事。

说每年冬天，当初雪落下的那一天，人们便坐在庭院里，穆然无言地凝望那一片片轻柔的白色。

那是一种怎样虔敬、动人的景象！那时候，我就想到你，诗诗，你就是我们生命中的初雪。纯洁而高贵，深深地撼动着我。那些对生命的惊服和热爱，常使我在静穆中有哭泣的冲动。

诗诗，给我们的大地一些美丽的白色。诗诗，我们的初雪。

音乐教室

诗诗：

雨或者仍在下，或者已不下，厚丝绒的帷幕升起，大厅里簇拥着盛装的人群。这是你的第一次演奏会，我和晴晴坐在迢远的角落上遥望你。

音乐是风，在观众席的千峰万壑间回荡。音乐是雨，在我们心的高檐紧密地垂下。音乐是奇异的阳光，蜿蜒向天涯每一条曲径。

我们从来没有期望你成为一个音乐家，只希望给你一个快乐的童年。因此三年前，我们带你去学音乐。教室里贴着美丽的壁纸，地毯是绿茵茵的。我们愉快地发现每一个小孩都是可爱的。你们唱歌，你们辨认拍子，你们兴奋地做着韵律游戏，你们学着识谱，试着作曲，尝试跟别人和奏，你们享受着彼此的快乐。

后来，我们又买了一架古老的、雕镂着花纹的钢琴，客厅成了另一间音乐教室，我们常常可以倾听你的充满生命力的弹奏。

诗诗，我常在这一切的美好之上，感到一些更巨大的、更神圣的美丽。你还小，我因而从来没有告诉你。但今天，你和你的朋友们站在台上，你是多么大啊！你就是那个我每夜醒来为你哺乳的小婴孩吗？我在泪光中遥望你们，有如一排青青翠翠的小树，我忍不住要将一些话告诉你。

许多年前，妈妈还是一个小女孩，有时她经过琴行，驻足看那些庄严得几乎不可触及的乐器，感到一种绝望。但少年时期总是美好的，有时，上课时，偷偷把双手放在桌子下面，也尽可在一排想象的琴键上来回抚弄。不需要才学和胸襟，少年时期人人都自然能了解陶渊明"无弦琴"的意境。

终于，有一天，有一个音乐老师答应教她弹琴。那是在南台湾的一个小城，学校又大又空旷，音乐教室因为面对着一带遮天蔽日的大树，整个绿郁郁地古典了起来。那女孩踩着密匝匝的树影朝圣似的走向音乐教室。夏日的骤雨过后，树上的黄花凄凄然地悬着饱胀得令人不知所措的美感，那女孩小心翼翼地捧着琴谱走着。

我常常忍不住要感谢许多人，例如我的音乐老师。他多么好，回忆中已想不起他的坏脾气，想不起他的不修边幅，只记得他站在琴前教我弹那简单的练习曲。诗诗，记得那天，你在钢琴上重弹那些曲子的时候，我忍不住地从书房跑出来。诗诗，你不能了解我在那一刹那间的激动，我已经十几年不弹琴了，乍听你弹那些熟悉的曲子，只觉恍如隔世，几乎怀疑曲子是自我的腕下流出的——诗诗，我的音乐老师已经谢世了！伟大的音乐家里永远不会有他的名字，可是我仍然感谢他，尊敬他，他曾教导我更多地拥抱我所爱的音乐。他也不是成功的声乐家，但是，当他告诉我们他怎样去从戎当青年军，怎样在青春的激情里为祖国而唱的时候，那是怎样一种声音——诗诗，我再也不能看见我的老师了。我暑假出外旅行，回来的时候不意他已化为一钵劫灰，我唯一能安慰自己的是，我曾让他了解，虽然已经十几年了，我仍在敬爱他。

诗诗，我不弹琴，竟已经十几年了，但恒在的是心中的琴韵。我的老师不曾把我教成一个钢琴家，但他使我了解怎样聆听这充满爱充满温情的世界，这个许多人为你付出的世界。今天，当你的小手在琴键上往返欢呼，你可知道我所移植给你的音乐之苗是承自何处吗？诗诗，我每一思及人间的爱之连锁，那些牵牵绊绊彼此相萦的真情，总忍不住心如激湍。

有时候，诗诗，我们需要的是一点良知，一点感恩，以及一份严肃的对他人的歉疚之心，一种自觉欠负了什么的谦虚。

我仍然记得，那些年，音乐事实上是一个奢侈的名词。而今天，你我能安然地坐在美丽祥和的音乐教室里，你会感到那些琴，那些鼓，仿佛理所当然地从开天辟地就存在着了。不是的，诗诗，这些美，这些权利，是许多不知名的手所共同建筑起来的。诗诗，我们或迟或早，总应该学会合理的感恩。

行年渐长，我越来越觉得生活在"人"之中的喜悦，生活在属于自己的土地上的喜悦，拥有一种历史的喜悦，以及一切小小的"与人共有"的喜悦。诗诗，这是一个有情的世界，我们每一个人都是在许多别人的善意里活着的——而那每一份善意都值得我们虔诚地谢天。

有一天，我偶然仔细地看了一下薪水袋！在安静的凝思里竟也能体会出一份美感。许多年来，我一直不认为钱是高尚的东西，但那天，我在谦卑中却体会出某种诗意来。我知道政府能给公教人员的薪酬有限，但我仿佛能感到这份薪水里包括某个荒山野岭的纳税人的玉米，某个渔人所捞的鱼，某个农人的稻子，某个女孩的甘蔗，以及某些工厂中许许多多人的劳力，或者是一个煤矿工人的汗，或者是一个手工业工人的巧心。诗诗，你能走入音乐教室，学你所喜欢的音乐课程，和那些人每一个都有或多或少的关系。社会的富足建立在广大人群的共同效力上。诗诗，我今天能安然地坐在灯下写，站在讲坛上说，我能欢悦地向年轻的孩子叙述那个极大的古中国故事中的一部分，我能侃侃而谈《说文解字叙》，或者王绩、王梵志，我能从容地讲唐人的传奇，宋人的平话，诗诗，我没有一丝可以傲人的，我从心底感到我对上天以及对整个社会的永铭难忘的谢意。

我有时真想对政府和军人说一声"谢谢"，我们在他们的忧劳中享受安谧，在他们的瘁殚中享受丰盈。世界上的人能活在一个自由的、宁静的、确知自己的头颅有权利长在自己的头颈上的地方并不多。诗诗，有时早晨起来，面对宇宙间新生的一天，面对李白和莎士比亚也无权经历的这一天，我忍不住对上苍说："我感谢你，我感谢这个世界，我多么想去告诉每一个人我感谢他们。我多么想让别人知道我在他们的贡献里一直怀着一份歉疚的情感，一颗希望有所图报的心。"

诗诗，音乐在四壁之间，音乐在四壁之外，有如无所不在的花香。音乐渐渐地将空气过滤得坚实而甜美。你站在台上，置身于一座大电子琴后，每个孩子都认真地奏着自己的乐器，多么美好的下午！但是，诗诗，我愿意你知道，这世界并不全是这样美好的。我们所生活的制度，我们所生活的环境不是全世界处处都有的。诗诗，我们能有你，能相守在一间有爱有食物有音乐的屋子里，而如果仍然不知感恩的话，我们就是可耻的了。

有一天，偶然和我们学校的教务主任谈起，他说："你知道吗？就为我们学校这一百二十个学生，政府已经花掉一亿多了！平均是一个学生一百万，这还是只指他们一入学，要是把七年医学教育的费用全算上，一个人大概是二百万！"

我当时深为震撼，一个人才是多少苦心的期待栽成的！转而一想，诗诗，我和你不也或多或少地接受过公费的培育吗？少年时期常向往的是冲风冒雨独来独往的豪情，成长以后才懔悟到人与人之间手足相依的那份亲切。少年时期常是无挂无碍志得意满的自矜，成长以后才了解面对天地之化育、人类万物的深情，心头应该常存几分感恩，几分歉疚

——没有什么是理所当然的，我们的每一份获得都该是足以令人惊喜的意外。

音乐扬起，再扬起，诗诗，也许将来你会有更多的演奏会——也许这是你唯一的一次，但无论如何，愿你记得音乐教室中的美好辰光。记得那些穿花色长裙的小女孩，记得美丽的长发的音乐老师，记得那些琴，那些鼓，那些欢乐的歌。诗诗，不管世路是否艰难，记得我们曾在欢乐中走完美丽的初程。愿新生的一代常走在琴韵之中，真正有大担当的人是体会过幸福，而且确信人世间人人有幸福权利的人。真正敢投入风浪的大英雄是些享受过内心深处真正宁静的人。诗诗，我愿你在音乐教室之内，我也愿你在音乐教室之外。

诗诗，雨或者在下，或者已不下，而我们已饱饫今日下午的音乐。音乐中有许多动人的冥思，有许多温热的联想。诗诗，愿天地是一间大音乐教室，愿萧萧的万木是琴柱，愿温柔的千涧是长弦，诗诗，让我们能说，我们已歌过，我们曾是我们这一代的声音。

Chapter5
花之笔记

生命不该充满神秘的未知吗？有大成大败、大喜大悲不是才有激荡的张力吗？文明取走了莳花者犯错误的权利，而使得他的成功显得像一团干蜡般的无味。

四只手弹的钢琴

人只有一张嘴，这张嘴如果用于吹笛吹箫，所发出的声音是单轨的，人如果有两张嘴，笛子的声音会不会更繁复动听呢？

人有两只手，但这两只手用在小提琴上仍然只剩下一只，因为另一只必须拿去应付琴身琴弦。连小小的三角铁，也必须一手拎着一手去敲打。至于铜钹，表面上看来是两手一起操作，但因为左手无非向右手敲去，而右手无非向左手砸来，彼此相撞，仍然只得一种声音。

此外，中国古代的大钟，须得一根极粗大的木材去撞。撞钟的动作虽是双手并用，却只能集中精力去推动那根大材，所以双手便仍然等于还是一手，只能去撞出那振聋发聩的一声巨响。

相较之下，鼓的声音便是两倍的声音了，击鼓的动作可以两棒齐下，霎时间化作千军万马。或攻城略地，或关山飞渡，或斩将搴旗，或流血飘杆。总之，鼓声比笛声多了一倍的力气、一倍的数值。

同样的，钢琴也是，钢琴左右开弓，如入无人之境，可以上摘天界之蟠桃，下达腾火之地狱，可以歌盛世之欢忭，可以泣衰世之哀音……

然而，还不止如此，还有更极听觉之娱的，那便是双钢琴了。双钢琴合奏等于一下让钢琴家长出四只手来，其繁富变化更是令人吃惊。

然而，双钢琴曲令我低回神往的，其实并不仅是听觉上的奇奥往复，变化无穷，而是一则小小的凄凉的情节。原来，音乐史上大有成就的两位天才，莫扎特和舒曼，都各有一个才华不下于他们的姊姊。而这两位姊姊，生在那个时代，当然是注定无法出头的。做弟弟的既是天才，便也知道疼惜姊姊的才华，但大局是扭不来的，无可奈何之余，他们各自为自己的姊姊写了双钢琴曲。双钢琴曲让他们有机会重温儿时和姊姊合奏的乐趣。儿时的性别不是那么明显，儿时的姊姊也是一个小天才，但姊姊长大了，她必须成为妇人，成为社会所要求的样子。然而，当双钢琴曲奏起，当姊弟一起坐在琴前，昔日的旧梦便回来了。

我听莫扎特和舒曼的双钢琴曲，在其华美优游的旋律中总不免听出愁苦。想起前代女子的命运，想起那么多有才华有胆识的女子，最后都默默无闻以终，我一时仿佛成了第三个钢琴手，悄然加入他们的序列，把悲伤弹进他们的主题里去了。

盒　子

　　过年，女儿去买了一小盒她心爱的进口雪藏蛋糕。因为是她的"私房点心"，她很珍惜，每天只切一小片来享受，但熬到正月十五元宵节，也终于吃完了。

　　黄昏灯下，她看着空去的盒子，恋恋地说：

　　"这盒子，怎么办呢？"

　　我走过去，跟她一起发愁，盒子依然漂亮，是闪烁生辉的金属薄片做成的。但这种东西目前不回收，而蛋糕又已吃完了……

　　"丢了吧！"我狠下心说。

　　"丢东西"这件事，在我们家不常发生，因为总忍不住惜物之情。

"曾经装过那么好吃的蛋糕的盒子呢!"女儿用眼睛，继续舔着余芳犹在的盒子，像小猫用舌头一般。

"装过更好的东西的盒子也都丢了呢!"我说着说着就悲伤愤怒起来，"装过莎士比亚全部天才的那具身体不是丢了吗? 装过王尔德，装过萨缪尔·贝克特，装过李贺，装过苏东坡，装过台静农的那些身体又能怎么样? 还不是说丢就丢! 丢个盒子算什么? 只要时候一到，所有的盒子都得丢掉!"

那个晚上，整个城市华灯高照，是节庆的日子哩! 我却偏说些不吉利的话——可是，生命本来不就是那么一回事吗?

曾经是一段惊人的芬芳甜美，曾经装在华丽炫目的盒子里，曾经那么招人爱，曾经令人欣慕垂涎，曾经傲视同侪，曾经光华自足……而终于人生一世，善舞的，舞低了杨柳楼心的皓月；善战的，踏遍了沙场的暮草荒烟；善诗的，惊动了山川鬼神；善于聚敛的，有黄金珠玉盈握……而至于他们自己的一介肉身，却注定是抛向黄土的一个盒子。

"今晚垃圾车来的时候，记得要把它丢了，"我柔声对女儿说，"曾经装过那么好吃的蛋糕，也就够了。"

花之笔记

　　我喜欢那些美得扎实厚重的花，像百合、荷花、木棉，但我也喜欢那些美得让人发愁的花，特别是开在春天的、花瓣儿菲薄菲薄，眼看着便要薄得没有了的花，像桃花、杏花、李花、三色堇或波斯菊。

　　花的颜色和线条总还比较"实"，花的香味却是一种介乎"虚"、"实"之间的存在。有种花，像夜来香，香得又野又蛮，的确是"花香欲破禅"的那种香法，含笑和白兰的香是荤的，茉莉是素的，素得可以入茶的，水仙更素，一株水仙的倒影简直是一块明矾，可以把一池水都弄得干净澄澈。

　　栀子花和木本珠兰的香总是在日暖风和的时候

才香得出来，所以也特别让人着急，因为不知道什么时候就没有了。

树上的花是小说，有枝有干地攀在纵横交叉的结构上，俯下它漫天的华美，"江边一树垂垂发"、"黄四娘家花满蹊，千朵万朵压枝低"，那里面有多层次、多角度的说不尽的故事。

草花是诗，由于矮，像是刚从土里蹦上来的，一种精粹的、鲜艳的、凝聚的、集中的美。

爬藤花是散文，像九重萝、荼蘼、紫藤、茑萝，乃至牵牛花和丝瓜花、扁豆花，都有一种走到哪里就开到哪里的潇洒。爬藤花看起来漫不经心，等开完了整个季节之后回头一看，倒也没有一篇是没有其章法的——无论是开在疏篱间的，泼撒在花架上的，哗哗地流下瓜棚的，或者不自惜地淌在坡地上的，乃至于调皮刁钻爬上老树、把枯木开得复活了似的……它们都各有其风格，真的，丝瓜花有它自己的文法，牵牛花有它自己的修辞。

如果有什么花可以称之为舞台剧的，大概就是昙花了吧。它是一种彻底的时间艺术，在丝帷的开合间即生而即死，它的每一秒钟都在"动"，它简直严格地遵守着古典戏剧的"三一律"——"一时"、"一地"、"一事"。使我感动的不是那一夕之间偶然白起来的花瓣，也不是那偶然香起来的细蕊，而是那几乎听得见的砰然有声的拆展的过程。

文学批评如果用花来比喻，大概可以像仙人掌花，高大吓人，刺多花少，却大刺刺地像一声轰雷似的拔地而起——当然，好的仙人掌花还是漂亮得要命的。

水生花的颜色天生的好，是极鲜润的泼墨画，水生花总是使人惊讶，仿佛好得有点不合常理。大地上有花已经够好了，山谷里有花已经够好了，居然水里也冒出花来，简直是不可信。可是它又偏着了邪似的在那里。水生花是荷也好，睡莲也好，水仙也好，白得令人手脚无措的马蹄莲也好，还有一种紫簌簌的涨成满满一串子的似乎叫作布袋莲的也好，都有一种奇怪的特色：它们不管开它几里地，看起来每朵却都是清寂落寞的，那种伶伶然仿佛独立于时间空间之外的悠远，水生花大概原来是一阕属于婉约派的小词吧，在管弦触水之际，偶然化生而成的花。

不但水生花，连水草像蒹葭，像唐菖蒲，像芦苇，都美得令人发愁，一部《诗经》是从一条荇菜参差水鸟合唱的水湄开始的——不能想了，那样干干净净的河，那样干干净净的水，那样干干净净的草，那样干干净净的古典的爱情——不能想了，想了让人有一种身为旧王族被放逐后的悲恸。

我们好像真的就要失去水了——干净的水——以及水中的花。

一到三月，校园里一些熬耐不住的相思树就哗然一声把那种柔黄柔黄的小花球在一夜之间全部释放了出来。四月以后，几乎所有的树都撑不住了，索性一起开起花来，把一整年的修持都破戒了！

我一向喜欢相思树，不为那名字而是为那满树细腻的小叶子，一看到那叶子就想到"不知细叶谁裁出，二月春风似剪刀"的句子。

相思树的花也细小，简直有点像是不敢张扬的意思，可是整球整球的看去，整树整树的看去，仍然很华艳逼人。

跟儿子聊天，他忽然说：

"我们班上每个人都像一种花。"

"谢婉贞是哪一种?"

谢婉贞是他觉得最不同凡俗的一个女孩。

"她是荷花。"

"为什么?"

"因为一个夏天都是又新鲜又漂亮的。"

"那你自己呢?"

"我是玫瑰，"停了一下他解释说，"因为到死都是香的。"

这样的以香花自喻，简直是屈原，真是出语惊人！

春天，我总是带小女儿去看令人眼花的杜鹃。

她还小，杜鹃对她而言几乎是树。

她不太专心看花，倒是很专心地找那种纺锤形的小蓓蕾，找到了就大叫一声：

"你看，花 baby!"

她似乎只肯认同那些"花婴"，她不厌其烦地沿路把那些尚未启封的美丽一一灌注上她的欢呼！

　　旅行美国，最喜欢的不是夏威夷，不是佛罗里达，不是剧场，不是高速公路或迪斯尼乐园，而是荒地上的野花。

　　在亚利桑那，高爽的公路上车行几小时，路边全是迤逦的野花。黄灿灿的一径开向天涯，倒叫人怀疑那边种的是一种叫作"野花"的农作物，野牛和印第安人像是随时会出现似的。

　　多么豪华的使用土地的方法！不盖公寓，不辟水田，千里万里的，只交给野花去大展宏图。

　　在芝加哥，朋友驱车带我去他家，他看路，我看路上的东西。

　　"那是什么花?"

　　"不知道。"

　　"那种鸟呢?"

　　"不知道，我们家附近多的是。"

　　他兴冲冲地告诉我，一个冬天他是怎样被大雪所困，回不了家，在外面住了几天旅馆，又说Sears Tower 怎样比纽约现有的摩天大楼都高一点。

可是，我固执地想知道那种蓝紫色的、花瓣舒柔四伸如绢纱的小花。

我愈来愈喜欢这种不入流的美丽。

一路东行，总看到那种容颜。终于，在波士顿，我知道了它的名字，"蓝水手"，Blue Sailor。

像一个年轻男孩，一旦惊讶于一双透亮的眼睛，便忍不住千方百计去知道她的名字——知道了又怎样，其实仍是一样，只是独坐黄昏时，让千丝万缕的意念找到一个虚无的、可供挂迹的枝柯罢了。

知道你自己所爱的一种花，岁岁年年，在异国的蓝空下安然地开着，虽不相见，也有一份天涯相共的快乐。

《诗经》有一个别名，叫作"葩经"，使我觉得桌上放一部《诗经》简直有一种破页而出的馥馥郁郁的香气。

中学在南部念书，校园大，每个学生都分了一块地来种，那年我们种豇豆。

不知为什么，小小的田里竟长出了一朵小野菊——也许它的前身就跟豇豆的前身同在一片田野，收种子的时候又仍然混在一起，所以不经意时也就播在一起。也许是今春偶过的风，带来偶然的一抹色彩。

后来，老师要我们拔野草，我拔了。

"为什么不拔掉那棵草？"

"它不是草，"我抗议，"它是一朵小野菊。"

"拔掉，拔掉。"他竟然动手拔掉了它，"你不知道什么叫草——不是你要种的东西就是草。"

我是想种豇豆吗？不，我并没有要种豇豆，我要种的只是生命。

许多年过去了，我仍然记得那丛被剥夺了生存权的小野菊。

是花，而被种在菜圃里，或者真是不幸的。

有一种花，叫爆仗花，我真喜欢那名字——因为有颜色，有声音，而且还几乎是一种进行式的动词。

那种花，香港比较多见，属于爬藤类，花不大，澄黄澄黄的，仿佛千足的金子，开起来就狠狠地开满一架子，真仿佛屋子里有什么喜事，所以那样一路噼哩啪啦、声势壮烈地燃响那欢愉的色彩。

还有一种花的花名也取得好，叫一丈红，很古典，又很泼悍。

其实那花倒也平常，只是因为那么好的名字，看起来只觉得是一柱仰天窜起的红喷泉，从下往上喷，喷成一丈，喷成千仞，喷成一个人想象的极限。

有些花，是只在中国语文里出现、而在教科书里却不成其为花的，像雪花、浪花。

所有的花都仰面而开，唯独雪花俯首而开，所有的花都在泥土深处结胎，雪花却在天空的高处成孕。雪花以云为泥，以风为枝丫，只开一次，穿过万里寒冷，单单地要落在一个赶路人温暖的衣领上，或是一个眺望者朦亮的窗纸上，只在六瓣的秩序里美那么一刹，然后，回归为半滴水，回归入土。

浪花只开在海里，海不是池塘，不能滋生大片紫色的、白色的、粉色的花，上帝就把浪花种在海里，海里每一秒钟都盛开着浪花。

有什么花能比浪花开得更巨大，更泼旺？那样地旋开旋灭，那样地方生方死——却又能四季不凋，直开到地老天荒。

人站在海边，浪就像印度女子的佩然生响的足环，绕着你的脚踝而灿然作花。

有人玩冲浪，看起来整个人都开在花心里，站在千丝万绪的花蕊里。

把浪说成花，只有中国语文才说得那么好吧！

我讨厌一切的纸花、缎带花和塑胶花，总觉得那里面有一种越份，一种亵渎。

还有一种"干花"，脱了水，苍黄古旧，是一种花中的木乃伊，永远不枯，但常年放在案头，让人觉得疲倦不堪。不知为什么，因为它永远不死，反而让你觉得它似乎从来没有光灿生猛地活过。

我只愿意爱鲜花，爱那明天就握不住的颜色、气息和形状——由于它明天就要消失了，所以我必须在今天用来不及的爱去爱它。我要好好地注视它，它的每一刹那的美其实都是它唯一一次的美，下一刹，或开或合，它已是另一朵了。

我对鲜花的坚持，遇见玻璃花便破例了；哈佛的陈列室里有一屋子的玻璃花，那么纤柔透明——也许人造花做得极好以后就有一种近乎泄漏天机的神秘性。

也许我爱的不是玻璃花，而是那份已成绝响的艺术，那些玻璃花是一对父子做的，他们死后就失传了——花做得那么好当然也不是传得下来的。

我真的不知道我是爱上那做得特别好的晶莹得虚幻的花，还是爱那花后面的一段寂寞的故事。

我爱花，也许不完全是爱花的本身，爱的是那份乍然相见的惊喜。

有一次，去海边，心里准备好是要去看海的，海边有一座小岩岬，我们爬上去，希望可以看得更远，不料石缝里竟冷不防地冒出一丛百合花来，白喷喷的。

整个事情差不多有点不讲理，来海边当然是要看海捡贝壳的。没有谁想看花，可是意外地遇上了花，不看也不忍心。

自己没有工作进度表，也不管别人的旅游日程——那朵花的可爱全在它的不讲道理。

我从来不能在花展中快乐，看到生命那么规矩地站在一列列的瓶瓶罐罐里，而且很合理地标上身价，就让我觉得丧气。

听说有一种罐头花，开罐后几天一定开花，那种花我还没有看已经先发腻了。

生命不该充满神秘的未知吗？有大成大败、大喜大悲不是才有激荡的张力吗？文明取走了莳花者犯错误的权利，而使得他的成功显得像一团干蜡般的无味。

我所梦想的花是那种可以猛悍得在春天早晨把

你大声喊醒的栀子。或是走过郊野时闹得人招架不住的油菜花，或是清明节逼得雨中行人连魂梦都走投无路的杏花，那些各式各流的日本花道纳不进去的、市价标不出来的、不肯许身就范于园艺杂志的那一种未经世故的花。

让大地是众水浩渺中浮出来的一项意外，让百花是莽莽大地上扬起来的一声欢呼！

花之在野党

有一种紫红色的山花，五瓣，开起来有拳头大，平平的钟面似的圆，黄蕊纷纷，简单的构图让人一览无遗。整个四月和五月，从我研究室的北窗望去，它深情地一径紫着，在岩缝里也能开，我有时简直不免敬畏起来。可惜它既没有东坡笔下石榴花委委曲曲的千重幽婉，也没有林和靖诗中疏影横斜的梅花风度。完全是一种土里土气的在野之身。

花叶是简单的橄榄形，上面有几条经线，初看时吓一跳，因为觉得面熟极了，细悟起来，不禁失笑，原来它太像画好经线还没有着上纬线的地球，所不同的是地球扁而此叶长就是了。所谓一花一世界，一叶里大概也真有一地球吧！

它叫什么花，我也不知道，只知道春来的时候，它在每条山径上都泼皮得势，谁也不管它，除了偏宠溪山的春风。

可是，四月里，忽然有一天，好喝酒的校工不知怎么想起来竟折了一大把，乱插在一只红标米酒的瓶子里，我着实愣住了。想起苏东坡形容自己酒后写草书的境界，说："觉酒气拂拂自十指间出"，初看此花插在瓶里，竟也觉得是一片淡红的村酒拂拂然升自罍中幻化而成的。浓酡的颜色，醉结成一种不经心的美丽。

以后在山前山后再看到那种花，只觉无限乡情，我姑且称它为花之在野党吧！

白木莲

有一年，我答应了东海和中兴的演讲，在五月。

放下长途电话，令我惊诧不敢置信的是，眼前竟然那么准确而强烈地浮起那种叫作"白木莲"的花，开在东海校长花园里的。

我忽然明白，我为什么答应邀约，原来我仍在秘密地渴念着那花，原来我一直没有忘记它，原来我奔驰一百多公里的路只为去看那一树白木莲。

白木莲也叫洋玉兰，似乎有时候也叫木笔或辛夷，不过我喜欢白木莲那名字，仿佛让人觉得那里面有一则故事。也许是在很久很久以前，也许是由于一种特别的悲悯，一株白莲花从遥远的水泽中走上来，走到泥土上来。泥土上没有一茎亭亭的莲，泥土上只有人，人是一种"两茎的莲"，它喜欢这种两茎的莲，便留在地上，寄身在一株树中，于是成了一种奇异的木本莲花。

白木莲极大，极白，极厚，极香，而又极灵

秀，树总是长得高挺，花也总是开在高处，让看花人必须稍稍仰视的那个角度。

树叶是浓得要凝固的暗绿色，越发衬得那花像一个个浪花漩成的水涡，风过时，你会觉得那树是一面直立的洛水，宓妃刚凌波而去，留下的是一片白灿灿的屐痕，屐痕是漩涡，屐痕是莲。

晚上，厚韧的白花瓣合起，禁锢起它神圣的香气，像一颗漂亮的树的心脏，安舒地悬着，安静地脉搏着，安静地一径美丽着。

能隔着魂思梦想的距离远远地去爱恋那样一种花，对我而言，是一种奇异的幸福。

凤凰花

凤凰花是一种好得你绝对绝对不可以信以为真的那种花。每次正面看一棵凤凰树，我都忍不住回头再看一眼——看它还在不在那里——我觉得它是可能随时不存在的，及至看到它真的在那里，我竟会手足无措起来。

"怎么办呢?"我着急地叨念着，"怎么办呢?凤凰树一棵棵都红成这个样子!"

某些太美的东西每令我惶然，因为美把固着呆滞的生活秩序打断了，美让人着急不安，不知如何自处。

看凤凰花非得有一种老僧面壁寂然不动的定力不可，否则真会走火入魔。凤凰花开到饱和的时候，树上一片红海，树下一片红塘。风过时，上下红波红浪之间还有一串串落花如散丝红瀑布。

"怎么办呢?"

一直等到夏天老去，所有的红花都磨成了一柄一柄青匕首似的长豆荚，那样证据确凿地悬在影影绰绰的碎叶间，但不知为什么，你仍然半信半疑，仍然不能确定，它曾经是花。

珍珠玫瑰

那种小花，我只看过一次。

那时我刚生完小男孩，躺在床上，心中常有一丝怅然，每每，我倚在后廊上俯瞰邻家院落里开得粉团粉团的大堆杜鹃。

有个小女孩——我们都喊她小燕子——来看我，那天她跑来，抖开手帕，将一把小花散在我的床头。

"这叫珍珠玫瑰，你看，多小。"

真是小极了，一粒粒又圆又白竟跟珍珠完全一样，不同的是，它是花，有着花的潮润清凉的体温，以及花的幽幽细细的香息。

"我偷来的，"小燕子说，"我早就想偷了，你知道吗？那家人有个好大好深的院子啊，我每次经过都想偷花，今天正好，大门是开的，我跑进去，一看没人，赶快就摘了一把。"

她跑得气喘吁吁的，我想骂她，又骂不出口，其实，她倒也不必跑。那样小的小女孩就算让花主人逮住了，恐怕也要忍不住多送她一把花吧？

她把珍珠玫瑰悄悄放在婴儿脸旁，高兴地笑起来。

"你看，这花简直就是小婴孩的花，这么小，我喜欢小花，小得让人心都要碎了。"

孩子正睡着，那奇异的小种玫瑰在枕前白着，我静静地看着花和婴孩。

小燕子形容的那个深宅大院，我一直不愿意去探看，我不愿意知道它的门牌，当我一旦知道它在那里，等它不在那里的时候，它便消失了。我要那栋深宅大院在我心里，永不拆除，永不翻造，藤萝一直攀爬着，花一直开着，熏风一直吹着⋯⋯

小燕子终于长大了，嫁了人，住在加州。

小男孩也长大了，没有谁记得一种叫珍珠玫瑰的小花。

只是我想起来，仍觉一丝怅然。

杧果树

要相信杧果树新吐的鲜润的沉红的叶子不是花，真得要花很大的力气说服自己。

那些新叶子总是柔软而充血，很抢眼地挂在老叶子前面，走过南部的小城小乡，那种树一丛一丛冒到眼里来，每一次，你都忍不住要说：

"杧果树开花了！好红的花！"

于是有人好意地提醒你：

"不是，那是新抽的叶子！"

你不服气，实在应该是花，那么漂亮强壮的肝红。

记忆里屏东老宅的杧果树简直就是一种香料树，高大轩昂，交枝错叶，热闹喧嚣像旧式的大家族。而成嘟成串的果实从来没有把它压矮过，那黄熟圆浑的神迹挂满一树，它却自自然然地仿佛什么事都没有发生过。叶生叶老，花繁花谢，果实成熟，果实摘空，炎夏的风，翻遍每一片叶子去寻找生命的潮汐，而杧果树只是杧果树，什么都发生过了，什么都没发生，所有的只是一点点果实摘后的旧蒂痕。

或花或叶或果，或不花或不叶或不果，杧果树一直是我心头的一株漂亮的花树。

行道树

　　每天，每天，我都看见它们，它们是已经生了根的——在一片不适于生根的土地上。

　　有一天，一个炎热而忧郁的下午，我沿着人行道走着，在穿梭的人群中，听自己寂寞的足音，我又看到它们，忽然，我发现，在树的世界里，也有那样完整的语言。

　　我安静地站住，试着去理解它们所说的一则故事：

　　　　我们是一列树，立在城市的飞尘里。

　　　　许多朋友都说我们是不该站在这里的，其实这一点，我们知道得比谁都清楚。我们的家在山上，在不见天日的原始森林里。而我们居然站在这儿，站在这双线道的马路边，这无疑是一种堕落。我们的同伴都在吸露，都在玩凉凉的云。而我们呢？我们唯一的装饰，正如你所见的，是一身抖不落的煤烟。

是的，我们的命运被安排定了，在这个充满车辆与烟囱的工业城里，我们的存在只是一种悲凉的点缀。但你们尽可以节省下你们的同情心，因为，这种命运事实上也是我们自己选择的——否则我们不会在春天勤生绿叶，不必在夏日献出浓荫。神圣的事业总是痛苦的，但是，也唯有这种痛苦能把深度给予我们。

当夜来的时候，整个城市都是繁弦急管，都是红灯绿酒。而我们在寂静里，在黑暗里，我们在不被了解的孤独里。但我们苦熬着把牙龈咬得酸疼，直等到朝霞的旗冉冉升起，我们就站成一列致敬——无论如何，我们这城市总得有一些人迎接太阳！如果别人都不迎接，我们就负责把光明迎来。

这时，或许有一个早起的孩子走了过来，贪

婪地呼吸着鲜洁的空气，这就是我们最自豪的时刻了。是的，或许所有的人都早已习惯于污浊了，但我们仍然固执地制造着不被珍视的清新。

落雨的时分也许是我们最快乐的，雨水为我们带来故人的消息，在想象中又将我们带回那无忧的故林。我们就在雨里哭泣着，我们一直深爱着那里的生活——虽然我们放弃了它。

立在城市的飞尘里，我们是一列忧愁而又快乐的树。

故事说完了，四下寂然，一则既没有情节也没有穿插的故事，可是，我听到了它们深深的叹息。我知道，那故事至少感动了它们自己。然后，我又听到另一声更深的叹息——我知道，那是我自己的。

戈壁酸梅汤和低调幸福

前年盛夏，我人在内蒙古的戈壁滩，太阳直射，唉！其实已经不是太阳直射不直射的问题了，根本上你就像站在太阳里面呢！我觉得自己口干舌燥，这时，若有人在身边划火柴，我一定会赶快走避，因为这么一个干渴欲燃的我，绝对有引爆之虞。

"知道我现在最想最想的东西是什么吗?"我问众游伴。

很惭愧，在那个一倒地即可就地成为"速成脱水人干"的时刻，我心里想的不是什么道统的传承，不是民族的休戚，也不是丈夫儿女……

我说："是酸梅汤啦！想想如果现在有一杯酸

梅汤……"

此语一出，立刻引来大伙一片回应。其实那时车上尚有凉水。只是，有些渴，是水也解决不了的。

于是大家相约，等飞去北京，一定要去找一杯冰镇酸梅汤来解渴。这也叫"望梅止渴"吧！是以"三天后的梅"来止"此刻的渴"。

北京好像是酸梅汤的故乡，这印象我是从梁实秋先生的文章里读到的。那酸梅汤不只是酸梅汤，它的贩卖处设在琉璃厂。琉璃厂卖的是旧书、旧文物，本来就是清凉之地。客人逛走完了，低头饮啜一杯酸梅汤，梁老笔下的酸梅汤竟成了"双料之饮"——是和着书香喝下去的古典冷泉。

及至由内蒙回到北京，那长安大街上哪里找得到什么酸梅汤的影子，到处都在卖可口可乐。

而梁老也早已大去，就算他仍活着，就算他陪我们一起来逛这北京城，就算我们找到了道道地地的酸梅汤，梁老也已经连喝一口的福气也没有了——他晚年颇为糖尿病所苦。在长安大街上走着走着，就想落泪，虽一代巨匠，一旦搅入轮回大限，也只能如此草草败下阵去。

好像，忽然之间，"幸福"的定义就跃跃然要进出来了，所谓幸福，就是活着，就是在盛暑苦热的日子喝一杯甘洌沁脾的酸梅汤，虽然这种属于幸福的定义未免定得太低调。

回到台北，我立刻到中药铺去抓几服酸梅汤料（买中药要说"抓"，"抓"字用得真好，是人跟草药间的动作），酸梅汤料其实很简单，基本上是乌梅加山楂，甘草可以略放几片。但在台湾，却流行在每服配料里另加六七朵洛神花。酸梅汤的颜色本来只是像浓茶，有了洛神花便添几分艳俏。如果真把当年北京的酸梅汤盛一盏来和今日台湾的并列，前者如侠士，后者是侠女了。

酸梅汤当然要放糖，但一定要放未漂白的深黄色粗砂糖，黄糖较甜，而且有一股焦香，糖须趁热搅入（台糖另有很可爱的小粒黄色冰糖，但因是塑胶盒包装，我便拒买了）。汤汁半凉时，还可以加几匙蜂蜜，蜂蜜忌热，只能用温水调开。

如果有桂花酱，那就更得无上妙谛了。

剩下来的，就是时间，给它一天半天的时间，让它慢慢从鼎沸火烫修炼成冰崖下滴的寒泉。

女儿当时虽已是大学生，但每次骑车从滚滚红尘中回到家里，猛啜一口酸梅汤之际，仍然忍不住又成了雀跃三尺的小孩。古代贵族每有世世相传的家徽，我们市井小民弄不起这种高贵的符号，但一家能有几样"家饮"、"家食"、"家点"来传之子孙也算不错，而且实惠受用。古人又喜以宝鼎传世，我想传鼎不如传食谱食方，后者才是"软体"呢！

因为有酸梅汤，溽暑之苦算来也不见得就不能忍受了。

有时，兀自对着热气氤氲上腾的一锅待凉的酸梅汤，觉得自己好像也是烧丹炼汞的术士，法力无边，我可以把来自海峡彼岸的一片梅林，一树山楂和几丛金桂，加上几朵来自东台湾山乡的霞红的洛神花，还有南部平原上的甘蔗田，忽的一抓，全摄入我杯中，成为琼浆玉液。这种好事，令人有神功既成，应来设坛谢天的冲动。

好，我再来重复一次这妙饮的配方：乌梅、山楂、甘草、洛神花、糖、蜜、桂花，加上反复滚沸的慢火和缓缓降温的时间。此外，如果你真的希望让你手中的那杯酸梅汤和我的这杯一样好喝的话，那么你还须再加上一颗对生活"有所待却无所求"的易于感谢的心。

为什么不设"十大杰出病人奖"?

有一次，和某位复健科的医师谈话，他是我十年前的学生，我说起话来不免有点习惯性的大言不惭：

"社会上成天选什么十大杰出男青年、女青年，也有十大杰出农家和十大杰出经理，为什么你们不选个十大杰出病人来表扬表扬呢?"

医生看着我，说：

"好像有理。"

"何止有理，简直是太有道理了。你想，那些人所以当选了'十大杰出'，都是因为他们'成大功，立大业'。但是，从中国自古以来的孝道观念说，人类最大的'功业'是什么? 就是照顾好自己的身体呀——对不对？"

"从医生的观点看，当然非常同意这个说法。"

"好，你我都承认，身体才是人类最基本的事业。一个人如果生了病，他到医院来，他立志做个'乖病人'。从此，他自己，甚至他全家，都努力去和医生配合，最后，终于打了一场漂亮的胜仗，把自己恢复成正常有用之身——这种人，如果不褒扬，简直是没有天理。"

医生又点头。

"而且，人能不能成为杰出科学家、杰出演员、杰出企业家、杰出运动员，也是各凭造化——但有一点倒是众生平等的，凡是人，迟早都要生个或大或小的病。既然人类都有一天会生病，我们就应该及早学会如何做个杰出病人，奇怪，怎么这世界上只有'教医生如何成为好医生'的学问，却没有'教病人如何做个好病人'的学问？"

"对，'好病人'很难求。"医生说。

"譬如讲，刘侠、李佩菁、张拓芜、孙运璿，都是很打拼的病人，这种努力，这种败部求活的意

189

志，可以鼓舞多少病人啊！我说要奖励杰出病人，绝不是为那病人自己，是为了其他心情枯索黯败不知何去何从的病人。

"那些杰出的企业人士，也许一天上八小时班或者十二小时，但，病人照顾自己，却是二十四小时都要兢兢业业、中规中矩的——生病本身是一种全天候的职业，不容你有一丝半毫的懈怠。你知道吗？'久病'之余不但'无孝子'，最可怕的是，连自己爱自己的心情都没有了。所以，能坚持继续热爱自己，因而能好好把自己照顾好并且康复的人，医师公会都应该把他们选出来作为'病族楷模'才对！"

医生连声称是。

人类的身体在大病之余仍能康复，其实是一项神迹，而这神迹却必须天人合作才能竟其功。康复的人其实是在不知不觉间参与了"天功"。这整个过程，无论如何，都该以神圣视之。

啊！我多么想踏进每一间病房，去告诉每一个跟强敌辛苦作战的"病床人"，说：

"嗨！你知道吗？虽然整个社会都忘了该发张奖状给你，但你自己一定要知道，你绝对是一个非常非常杰出的病人！"

Chapter6
回首风烟

原来，世事是可以在一回首之间成风成烟的，原来一切都可以在笑谈间作梦痕看的，那么，这世间还有什么不能宽心、不能放怀的呢？

问　名

　　万物之有名，恐怕是由于人类可爱的霸道。

　　创世纪里说，亚当自悠悠的泥骨土髓中乍醒过来，他的第一件"工作"竟是为万物取名。想起来都要战栗，分明上帝造了万物，而一个一个取名字的竟是亚当，那简直是参天地之化育，抬头一指，从此有个东西叫青天，低头一看，从此有个东西叫大地，一回首，夺神照眼的那东西叫树，一倾耳，树上嘤嘤千啭的那东西叫鸟……而日升月沉，许多年后，在中国，开始出现一个叫仲尼的人，他固执地要求"正名"，他几乎有点迂，但他似乎预知，"自由"跟"放纵"，"爱情"和"色欲"，"人权"和"暴力"是如何相似又相反的东西，他坚持一切的祸乱源自"名实不副"。

我不是亚当,没有资格为万物进行其惊心动魄的命名大典。也不是仲尼,对于世人的"鱼目混珠"唯有深叹。

不是命名者,不是正名者,只是一个问名者。命名者是伟大的开创家,正名者是忧世的挽澜人,而问名者只是一个与万物深深契情的人。

也许有几分痴,特别是在旅行的时候,我老是烦人地问:

"那是什么?"

别人答不上来,我就去问第二个,偏偏这世界就有那么多懵懂的人,你问他天天来他家草坪啄食的红胸绿背的鸟叫什么,他居然不知道。你问他那条河叫什么河,他也好意思抵赖说那条河没名字。你问他那些把他家门口开得一片闹霞似的花树究竟是桃是李,他不负责任地说不清楚。

不过,我也不气,万物的名氏又岂是人人可得而知的。别人答不上来,我的心里固然焦灼,但却更觉得这番"问名"是如此郑重虔诚，郑重得像古代婚姻中的"问名"大礼。

读《红楼梦》，喜欢宝玉的痴，他闯见小厮茗烟和一个清秀的女孩子在一起，没有责备他的大胆，却恨他连女孩子姓什么叫什么都不知道。不知名就是不经心，奇怪的是有人竟能如此不经心地过一生一世。宝玉自己是连听到刘姥姥说"雪地里女孩儿精灵"的故事，也想弄清楚她的名姓而去祭告一番的。

有一次，三月，去爬中部的一座山，山上有一种蔓藤似的植物，长着一种白紫交融细丝披纷的花。我蹲在山径上，凝神地看，山上没有人，无从问起。忽然，我发现有些花已经结了小果实了，青绿椭圆，我摘了一个下山去问人，对方瞄了一眼，不在意地说：

"那是百香果啊，满山都是的！现在还少了一点，从前，我们出去一捡就一大箩。"

我几乎跌足而叹，原来是百香果的花，那么芳香浓郁的百香果的花。如果再迟两个月来，满山岂不都是些紫褐色的果子，但我也不遗憾，我到底看过它的花了，只可惜初照面的时候，不能知名，否则应该另有一番惊喜。

　　野牡丹的名字是今年春天才打听出来的，一旦知道，整个春天竟然都过得不一样了。每次穿山径到图书馆影印资料，它总在路的右侧紫艳艳地开着，我朝它诡秘一笑，心里的话一时差不多已溢到嘴边：

　　"嗨，野牡丹，我知道你的名字了，蛮好听的呀——野牡丹。"

　　它望着我，也笑了起来，像一个小女孩，又想学矜持，又装不来。于是忍不住傻笑：

　　"咦？谁告诉你的？你怎么晓得我的名字的?"

　　"安娜女王的花边"（Queen Anna's Lace）是一种美国野花的名字，它是在我心灰意冷问遍朋友没有一个人能指认得出来的时候，忽然获知的。告诉我的人是一个女画家，那天，她把车子停在宁静安详的小城僻路上，指着那一片由千百朵小如粟米的白花组成的大花告诉我，我一时屏息睁目，简直不敢相信那是真的。当下只见路边野花蔓延，世界是这样无休无止的一场美丽，我忽然觉得幸福得不知说什么才好。恍如古代，河出图，洛出书——那本不稀奇，但是，圣人认识它，那就不一样了。而我，一个平凡的女子，在夏日的熏风里，在漫漫的绿向天涯的大地上，只见那白花欣然怡悦地浮上来，像河图洛书一样的浮上来，我认识它吗？一朵花里有多少玄机，太平盛世会由于这样一个祥兆而出现吗？

我如呆如痴地坐着，一朵花里有多少玄机？

三月里，我到东门菜场外面的花店里去订一种花，那女孩听不懂，我只好找一张纸，一面画，一面解释：

"你看，就是这样，一根枝子，岔出许多小枝子，小枝子上有许许多多小花，又小，又白，又轻，开得散散的，濛濛的……"

"哦，"不等我说完，她就叫了起来，"你是说'满天星'啊！"

（后来有位朋友告诉我，那花英文里叫 baby's breath——婴儿的呼吸，真温柔，让人忍不住心疼起来。）

第二天，我就把那订购的开得密密的星辰一把抱回家，觉得自己简直是宇宙，一胸襟都是星。

我把花插在一个陶罐子里，万分感动地看那四面迸射的花。我坐在花旁看书，心中疑惑地想着，星星都是善于伪装的，它们明明那么大，比太阳还大，却怕吓倒了我们，所以装得那么小，来跟我们玩。它们明明是十万年前闪的光，却怕把我们弄糊涂了，所以假装是现在才眨的眼……而我买的这把"满天星"会不会是天星下凡来玩一遭的？我怔怔地看那花，愈看愈可疑，它们一定是繁星变的，怕我胆小，所以化成一把怯怯的花，来跟我共此暮春，共此黄昏。究竟是"星常化作地下花"呢，还是"花欲升作天上星"呢？我抛下书，被这样简单的问题搞糊涂了。

菜单上也有好名字。

有一种贝壳，叫"海瓜子"，听着真动人，仿佛是从海水的大瓜瓢里剖出的西瓜子，想起来，仿佛觉得那菜真充满了一种嗑的乐趣——嗑下去，壳张开，瓜子仁一般的贝肉就滑落下来……还有一种又大又圆的贝类，一面是白壳，一面是紫褐色的壳，有个气吞山河的名字，叫"日月蚶"，吃的时候，简直令人自觉神圣起来。不知道日月蚶自己知不知道它叫日月蚶——白的那面像月，紫的那面像日，它就是天地日月精华之所钟。

吃西方东西，我更喜欢问名了，问了，当然也不懂，可是，把名字写在记事本上，也是一段小小的人生吧！英雄豪杰才有其王图霸业的历史记录，小人物的记事册上却常是记下些莫名其妙的资料，例如有一种紫红色的生鱼片叫玛苦瑞，一种薄脆对折中间包些菜肴的墨西哥小饼叫"他可"，意大利馅饼"皮萨"吃起来老让人想起在比萨斜塔（虽然意大利文那两字毫不相干）。一种吃起来像烤馒头的英式面包叫"玛芬"，petit munster 是有点臭咸鱼味道的法国乳酪，Artichoke 长得像一只绿色的花，煮熟了一瓣瓣掰下来沾牛油吃，而"黑森林"又竟是一种蛋糕的名字。

记住些乱七八糟的食物名字当然是很没出息的事情，我却觉得其中有某种尊敬。只因在茫茫的人世里，我曾在某种机缘下受人一粥一饭，应当心存谢忱。虽然，钱也许是我付的，但我仍觉得每一个人的一只盘碗，都有如僧人的钵，我们是受人布施的托钵人，世界人群给我们的太多，我至少应该记下我曾经领受的食物名称。

有时我想，如果我死，我也一定要问清楚病名。也许那是最后一度问名了。

人生一世，问的都是美好的名字，一样好吃的菜肴，一块红得半透明的石头，一座山，一种衣料，一朵花，一条鱼……

但是，有一天，我会带着敬意问我敌人的名字，像古战场上两军对垒时，大英雄总是从容地问：

"来将通名！"

也许是癌，也许是心脏病，也许是脑溢血……但是，我希望自己有机会问名，我不能不清不白地败在不知名的对方手下。既然要交锋，就得公平，我要知道对手叫什么名字，背景如何，我要好好跟他斗一斗。就算力竭气绝，我也要清清楚楚叫出他的名字：

"××，算你赢了。"

然后，我会听见他也在叫我的名字：

"晓风，你也没输，我跟你缠斗得够辛苦的了！"

于是，我们对视着，彼此行礼，握手，告退。

最后的那场仗，我算不算输，我不知道，只知道，我要知道对方的名字，也要跟他好好拼上许多回合。

自始至终，我是一个喜欢问名的人。

情　怀

　　不知从什么时候开始，我变成了一个容易着急的人。

　　行年渐长，许多要计较的事都不计较了，许多渴望的梦境也不再使人颠倒，表面看起来早已经是个可以令人放心循规蹈矩的良民，但在胸臆里仍然暗暗地郁勃着一声闷雷，等待某种不时的炸裂。

　　仍然落泪，在读说部故事诸葛武侯废然一叹，跨出草庐的时候；在途经罗马看米开朗基罗一斧一凿每一痕都是开天辟地的悲愿的时候；在深宵不寐，感天念地深视小儿女睡容的时候。

　　忽焉就四十岁了，好像觉得自己一身竟化成两个，一个正咧嘴嬉笑，抱着手冷眼看另一个，并且说：

"嘿，嘿，嘿，你四十岁啦，我倒要看着你四十岁会变成什么样子哩！"

于是正正经经开始等待起来，满心好奇兴奋伸着脖子张望即将上演的"四十岁时"，几乎忘了主演的人就是自己。

好几年前，在朋友的一面素壁上看见一幅英文格言，说的是：

"今天，是此后余生的第一天。"

我谛视良久，不发一语，心里却暗暗不服：

"不是的，今天是今生到此为止的最后一天。"

我总是着急，余生有多少，谁知道呢？果真如诗人说的"百年梳三万六千回"的悠悠栉发岁月吗？还是"四季攸来往，寒暑变为贼。偷人面上花，夺人头上黑"的霸道不仁呢？有一年，眼看着患癌症的朋友史惟亮一寸寸地走远，那天是二月十四，日历上的情人节，他必然还有很绵缠不尽的爱情吧，然而，他却走了，在情人节。

我走在什么时候？谁知道？只知道世方大劫，

一切活着的人都是叨天之幸，只知道，且把今天当作我的最后一天，该爱的，要来不及的去爱，该恨的，要来不及的去恨。

从印度、尼泊尔回来，有小小的人世间的得意，好山水，好游伴，好情怀，人生至此，还复何求？还复何夸？回来以后，急着去看植物园的荷花，原来不敢期望在九月看荷的，但也许克什米尔的荷花湖使人想痴了心，总想去看看自己的那片香红，没想到她们仍在那里，比六月那次更灼然。回家忙打电话告诉慕蓉，没想到这人阴险，竟然已经看过了。

"你有没有想到，"她说："就连这一池荷花，也不是我们'该'有的啊！"

人是要活很多年才知道感恩的，才知道万事万物包括投眼而来的翠色，附耳而至的清风，无一不是豪华的天宠。才知道生命中的每一刹时间都是向永恒借来的片羽，才相信胸襟中的每一缕柔情都是无限天机所流泻的微光。

而这一切，跟四十岁又有什么关联呢？

想起古代的东方女子，那样小心在意地贮香膏于玉瓶，待香膏一点一滴地积满了，她忽然竟渴望就地一掷，将猛烈的馨香并作一次挥尽，啊！只要那样一度，够了。

想起绝句里的剑客，"十年磨一剑，霜刃未曾试。今日把示君，谁有不平事？"分明一个按剑的侠者，在清晨跨鞍出门，渴望及锋而试。

想起朋友亮轩少年十七岁，过中华路，在低矮的小馆里见于右任的一副联"与世乐其乐，为人平不平"，私慕之余，竟真能效志。人生如果真有可争，也无非这些吧？

又想起杨牧的一把纸扇，扇子是在浙江绍兴买的，那里是秋瑾的故居，扇上题诗曰：

连雨清明小阁秋

横刀奇梦少时游

百年堪羡越园女

无地今生我掷头

冷战的岁月是没有掷头颅的激情的，然而，我四十岁了，我是那扬瓶欲作一投掷的女子，我是那挎刀直行的少年，人世间总有一件事，是等着我去做的，石槽中总有一把剑，是等着我去拔的。

　　去年九月，我们全家四人到恒春一游。由于娘家至今在屏东已住了二十八年，我觉得自己很有理由把那块土地看作故乡了。阳光薄金，秋风薄凉，猫鼻头的激浪白亮如抛珠溅玉，立身苍茫之际，回顾渺小的身世，一切幼时所曾羡慕的，此刻全都有了。曾听人说流星划空之际，如果能飞快地说出祈愿便可实现，当时多急着想练好快利的口齿啊，而今，当流星过眼我只能知足地说：

　　"神啊，我一无祈求！"

　　可是，就在那一天，我走到一个小摊子前面，一些褐斑的小鸟像水果似地绑成一串吊在门口，我习惯地伸出手摸了它一下。忽然，那只鸟反身猛啄了我一口，我又痛又惊，急速地收回手来，惶然无措地愣在那里。

　　就在那一瞬间，我忽然忘记痛，第一次想到鸟的生涯。

它必然也是有情有知的吧？它必然也正忧痛煎急吧？它也隐隐感到面对死亡的不甘吧？它也正郁愤悲挫忽忽如狂吧？

我的心比我的手更痛了。这是我第一次遇见不幸的伯劳，在这以前它一直是我案头古老的《诗经》里的一个名字，"七月鸣鵙鵙"，便是伯劳了，伯劳也是"劳燕分飞"典故里的一部分。

稍往前走，朋友指给我看烤好的鸟。再往前走，他指给我看堆积满地的小伯劳鸟的嘴尖。

"抓到就先把嘴折下来，免得咬人。然后才杀来烤，刚才咬你的那种因为打算卖活的，所以嘴尖没有折断。"

朋友是个尽责的导游，我却迷离起来。这就是我的老家屏东吗？这就是古老美丽的恒春古城吗？这就是海滩上有着发光的"贝壳沙"的小镇吗？这就是入夜以后沼气的蓝焰会从小泽里亮起来的神话之乡吗？"恒春"不该是"永恒的春天"吗？为什么有名的"关山落日"前，为什么惊心动魄的万里夕照里，我竟一步步踩着小鸟的嘴尖？

要不要管这档子闲事呢？

寄身在所谓的学术单位里已经是十几年了，学人的现实和计较有时不下商人，一位坦白的教授说：

"要我帮忙做食品检验？那对我的研究计划有什么好处？这种事是该卫生署做的，他们不做了，我多管什么闲事，我自己的 Paper 不出来，我在学术界怎么混？"

他说的没有错。只是我有时会想起胡金铨的"龙门客栈"，大门砰然震开，白衣侠士飘然当户。

"干什么的？"

"管闲事的！"

回答得多么理直气壮。

我为什么想起这些？四十岁还会有少年侠情吗？为什么空无中总恍惚有一声召唤，使人不安。

我不喜欢"善心人士"的形象，"慈眉善目"似乎总和衰老、妇道人家、愚弱有关。而我，做起事来总带五分赌气性质，气生命不被尊重，气环境不被珍惜。但是，真的，要不要管这档闲事呢？管起来钱会浪费掉，睡眠会更不足，心力会更交瘁，而且，会被人看成我最不喜欢的"善士"的模样，我还要不要插手管它呢？

教哲学的梁从香港来，惊讶地看我在屋顶上种出一畦花来。看到他，我忽然唠唠叨叨在嬉笑中也哲学起来了。

"你知道，在这个世界上，我终于慢慢明白，我能管的事太少了，北爱尔兰那边要打，你管得着吗？巴基斯坦这边要打，你压得了吗？小学四年级的音乐课本上有一首歌这样说：'看我们少年英豪，抖着精神向前跑，从心底喊出口号，要把地球重改造，为着民族求平等，为着人类争公道，要使全球万民间，到处腾欢笑。'那时候每逢刮风，我就喜欢唱这首歌顶着风往前走。可是，三十年过去了，我不敢再说这样的大话，'要把地球重改造'，我没有这种本事，只好回家种一角花圃，指挥指挥四季的红花绿卉，这就是辛稼轩说的，人到了一定年纪，忽然发现天下事管不了，只好回过头来'乃翁依旧管些儿，管竹、管山、管水'。我呢，现在就管它几棵花。"

说的时候自然是说笑的，朋友认真地听，但我也知道自己向来虽不怕"以真我示人"，只是也不曾"以全我示人"。种花是真的，刻意去买了竹床竹椅放在阳台上看星星也是真的，却像古代长安街上的少年，耳中猛听得金铁交鸣，才发觉抽身不及，自己又忘了前约，依然伸手管了闲事。

一夜，歇下驰骋终日的疲倦，十月的夜，适度地凉，我舒舒服服地独倚在一张为看书而设计的躺榻上，算是对自己一点小小的纵容吧！生平好聊天，坐在研究室里是与古人聊天，与西人聊天。晚上读闲书读报是与时人聊天。写文章，则是与世人与后人聊天，旅行的时候则与达官贵人或老农老圃闲聊，想来属于我的一生，也无非是聊了些天而已。

忽然，一双忧郁愠怒的眼睛从报纸右下方一个不显眼的角落向我投视来，一双鹰的眼睛，我开始不安起来。不安的原因也许是因为那怒睁的眼中天生有着鹰族的锐利奋扬。但是不止，还有更多，我静静地读下去，在花莲，一个叫玉里的镇，一个叫卓溪乡古风村的地方，一只"赫氏角鹰"被捕了。从来不知道赫氏角鹰的名字，连忙去查书，知道它曾在几万年前，从喜马拉雅和云南西北部南下，然后就留在中央山脉了，它不是台湾特有鸟类，也不是偶然过境的候鸟，而是"留鸟"，这一留，就是几万年，听来像绵绵无尽期的一则爱情故事。

却有人将这种鸟用铁夹捕了，转手卖掉，得到五千元。

我跳起来，打长途电话到玉里，夜深了，没人接，我又跑到桌前写信，急着找限时信封作读者投书，信，封上了，我跑下楼去推脚踏车寄信，一看腕表已经清晨五点了，怎么会弄到这么晚的？也只能如此了，救生命要紧！

跨车回来，心中亦平静亦激动，也许会带来什么麻烦，会有人骂我好出风头，会有人说我图名图利，会有人斩口直断说："我看她是想当官了！"不管他，我且先去睡两个小时吧！我开始隐隐知道刚才的和那只鹰的一照面间我为什么不安，我知道那其间有一种召唤，一种几乎是命定的无可抗拒的召唤，那声音柔和而沉实，那声音无言无语，却又清晰如面晤，那声音说："为那不能自述的受苦者说话吧！为那不能自伸的受屈者表达吧！"

而后，经过报上的风风雨雨，侦骑四出，却不知那只鹰流落在哪里，我的生活从什么时候开始竟和一只鹰莫名其妙地连在一起了？每每我凝视照片，想象它此刻的安危，人生际遇，真是奇怪。过了二十天，我人到花莲，主持了两个座谈会，当晚住在旅社里，当门一关，廊外海潮声隐隐而来，心中竟充满异样的感激。生平住过的旅社虽多，这一间却是花莲的父老为我预定并付钱的，我感激的是自己那一点的善意和关怀被人接纳，有时也觉得自己像说法化缘的老僧，虽然每遭白眼，但也能和人结成肝胆相照的朋友，我今夕蒙人以一饭相款，设一榻供眠，真当谢天，比起古代风餐露宿的苦行僧，我是幸运的。

第二天一早搭车到宜兰，听说上次被追索的赫氏角鹰便是在偷运台北的途中死在那里。我和鸟类专家张万福从罗东问到宜兰，终于在一家"山产店"的冻箱里找到那只曾经搏云而上的高山生灵，而今是那样触手如坚冰的一块尸骨。站在午间陌生的小市镇上，山产店里一罐罐的毒蛇药酒，从架上俯视我。这样的结果其实多少也是意料中的，却仍忍不住悲怆。四十岁了，一身仆仆，站在小城的小街上，一家陈败的山产店前，不肯服输的心底，要对抗的究竟是什么呢？

和张万福匆匆包了它就赶北宜公路回家了，黄昏时在台北道别，看他再继续赶往台中的路，心中充满感恩之意。只为我一通长途电话，他就肯舍掉两天的时间，背着一大包幻灯片，从台中台北再转花莲去"说鸟"。此人也是一奇，阿美族人，台大法律系毕业，在美做事，拿着高薪，却忽然发现所谓律师常是站在有钱有势却无理的一边，这一惊非同小可，于是弃职而去，一跑跑到大度山的东海潜心研究起鸟类生态来。故事听起来像江洋大盗忽然收山不做而削发皈依，反渡起众人一般神奇。而他却是如此平实的一个人，会傻里傻气待在野外从早上六点到下午六点，仔细数清楚棕面莺的母鸟喂了四百八十次小鸟的记录。并且会在座谈会上一一学鸟类不同的鸣声。而现在，"赫氏角鹰"交他去做标本，一周以后那胸前一片粉色羽毛的幼鹰会乖乖地张开翅膀，乖乖地停在标本架上，再也没有铁夹去夹它的脚了，再也没有商人去辗转贩卖它了，那永恒的展翼啊！台北的暮色和尘色中，我看他和鹰绝尘而去，心中的冷热一时也说不清。

我是个爱鸟人吗？不是，我爱的那个东西必然不叫鸟，那又是什么呢？或许是鸟的振翅奋扬，是一掠而过，将天空横渡的意气风发，也许我爱的仍不是这个，是一种说不清的生命力的展示，是一种突破无限时空的渴求。

曾在翻译诗里爱过希腊废墟的漫草荒烟，曾在风景明信片上爱过夏威夷的明媚海滩，曾在线装书里迷上"黄河之水天上来"，曾在江南的歌谣里想自己驾一叶迷途于十里荷香的小舟……而半生碌碌，灯下惊坐，忽然发现魂牵梦萦的仍是中央山脉上一只我未曾及睹其生面的一只鹰鸟。

四十岁了，没有多余的情感和时间可以挥霍，且专致地爱脚跟下的这片土地吧！且虔诚地维护头顶的那片青天吧！生平不识一张牌，却生就了大赌徒的性格，押下去的那份筹码其数值自己也不知道，只知道是余生的岁岁年年，赌的是什么？是在我垂睫大去之际能看到较澄澈的河流，较清鲜的空气，较青翠的森林，较能繁息生养的野生生命……输赢何如？谁知道呢？但身经如此一番大博，为人也就不枉了。

和丈夫去看一部叫《女人四十一枝花》的电影，回家的路上咯咯笑个不停，好莱坞的爱情向来是如此简单荒唐。

"你呢?"丈夫打趣，"你是不是女人四十一枝花?"

"不是，"我正色起来："我是'女人四十一枚果'，女人四十岁还作花，也不是什么含苞盛放的花了，但是如果是果呢，倒是透青透青初熟的果子呢!"

　　一切正好,有看云的闲情,也有犹热的肝胆,有尚未收敛也不想收敛的遭人嫉妒的地方,也有平凡敦实容许别人友爱的余裕,有高龄的父母仍容我娇痴无忌如稚子,也有广大的世界容我去展怀一抱如母亲,有霍然而怒的盛气,也有湛然一笑的淡然。

　　还有什么可说呢? 芽嫩已过,花期已过,如今打算来做一枚果,待果熟蒂落,愿上天复容我是一粒核,纵身大化,在新着土处,期待另一度的芽叶。

幸　亏

一

　　似乎常听人抱怨菜贵，我却从来不然，甚至听到怨词的时候心里还会暗暗骂一句："贵什么贵，算你好命，幸亏没遇上我当农人，要是我当农人啊，嘿嘿，你们早都买不起菜了！"

　　这样想的时候，心里也曾稍稍不安，觉得自己是坏人，是"奸农"。但一会儿又理直气壮起来，把一本账重头算起。

　　譬如说米，如果是我种的，那是打死也舍不得卖得比珍珠贱价的。古人说"米珠薪桂"，形容物价高，我却觉得这价钱合理极了，试想一粒谷子是由种子而秧苗而成稻复成粒的几世正果，那里面有几千年相传的农业智慧，以及阳光、沃土、和风细雨的好意。观其背后则除了农人的汗泽以外也该包括军人的守土有功，使农事能一年复一年地平平安安地进行。还有运输业，使浊水溪畔的水稻能来到我的碗里，说一颗米抵得一颗明珠也没有什么可惭愧的吧？何况稻谷熟时一片金黄，当真是包金镶玉，粒粒有威仪，如果讨个黄金或白玉的价格也不为过吧！

所以说，幸亏我不种田，我种的田收的谷非卖这价码不可！西南水族有则传说便是写这求稻种的故事，一路叙来竟是惊天动地的大业了。想来人世间万花万草如果遭天劫只准留下一本，恐怕该留的也只是麦子或稻子吧！因此，我每去买米，总觉自己占了便宜，童话世界里每有聪明人巧计骗得小仙小妖的金银珠宝，满载而归，成了巨富。我不施一计却天天占人大便宜，以贱价吃了几十年尊同金玉的米麦，虽不成巨富，却使此身有了供养，也该算是赚饱了。故事里菩萨才有资格被供养呢，我竟也大刺刺地坐吃十方，对占到的便宜怎能不高兴偷笑。

逢到风季，青菜便会大涨，还有一次过年，荠菜竟要二百元一斤。菜贵时，报上、电视上、公车上一片怨声，不知为什么，我自己硬是骂不出口，心里还是那句老话，嘿嘿，幸亏我非老农，否则番茄怎可不与玛瑙等价，小白菜也不必自卑而低于翡翠，茄子难道不比紫水晶漂亮吗？鲜嫩的甜玉米视同镶嵌整齐的珍珠也是可以的，新鲜的佛手瓜浅碧透明，佛教徒拿来供奉神明的，像琥珀一样美丽，该出多少价钱，你说吧——对这种荐给神明吃都不惭愧的果实！

把豇豆叫"翠蜿蜒"好不好？豌豆仁才是真正的美人"绿珠"，值得用一斛明珠来衡其身价，芥菜差不多是青菜世界里的神木，巍巍然一大堆，那样厚实的肌理，应该怎么估值呢？

胡萝卜如果是我种的，收成的那天，非开它一次"美展"不可，多浪漫多古典且又多写实的作品啊！鲜红翠绿的灯笼椒如果是我家采来的，不出一千块钱休想拿走，一个人如果看这样漂亮的灯笼椒也不感动于天恩人惠的话，恐怕也只好长夜凄凄，什么其他的灯笼也引渡他不得了。

塌棵菜是呈辐射状的祖母绿，牛蒡不妨看作长大长直的人参，山药像泥土中挖出的奇形怪状的岩石，却居然可吃。红菱角更好，是水族，由女孩子划着古典的小船去摘来的，那份独特的牛角形包装该算多少钱才公平？

南瓜这种东西去开美展都不够，应该为它举行一次魔术表演的，如何一颗小小的种子铺衍成梦，复又花开蒂落结成往往一个人竟抬不动的大瓜。南瓜是和西方灰姑娘童话并生的，中国神话里则有葫芦，一个人如果有权利把童话和神话装在菜篮里拎着走，付多少钱都不算过分吧？

释迦趺坐在莲花座上，但我们是凡人，我们坐在餐桌前享受莲的其他部分；我们吃藕吃莲子，或者喝荷叶粥，细嚼荷叶粉蒸肉，相较之下，不也是一份凡俗的权利吗？故事里的湘妃哭竹，韩湘子吹一管竹笛，我们却只管放心地吃竹笋，吃竹叶包的粽子。记得有一次请海外朋友吃饭，向他解释一道"冰糖米藕"的甜点说："这是用一种可以酿酒的米（糯米），塞在莲花根（藕）里做的，里面的糖呢，是一种长得像冰山一样的糖。"海外朋友依他们的习惯发出大声的惊叹，我居之不疑，因为那一番解释简直把我自己都惊动了。

这样看来，一截藕（记得，它的花是连菩萨也坐得的）应卖什么价呢？一斤笋（别忘了，它的茎如果凿上洞，变成笛子，是神仙也吹得的）该挂牌多少才公平呢？

所以说，还好，幸亏我不务农，否则，任何人走出菜场恐怕早已倾家荡产了。

二

世人应该庆幸，幸亏我不是上帝。

我是小心眼的人间女子，动不动就和人计较。

我买东西要盘算，跟学生打分数要计到小数点以后再四舍五入，发现小孩不乖也不免要为打三下打二下而斟酌的，丈夫如果忘了该纪念的日子当然也要半天不理他以示薄惩。

如果让这样的人膺任上帝，后果大概是很可虑的。

春天里，满山繁樱，却有人视而无睹，只顾打开一只汽水罐，我如果是上帝，准会大吼一声说：

"这样的人，也配有眼睛吗？"

这一来，十万个花季游客立时会瞎掉五万以上，第二天，盲校的校长不免为突然剧增的盲生急得不知如何是好。

所以说，幸亏我不是上帝。

闲来无事，我站在云头一望，有那么多五颜六色的工厂污水流向浅碧的溪流，我传下旨意：

"这样糟蹋大地，让别人活不成的，我也要让他活不成。"

第二天，天使检点人数，一个小小的岛上居然死了好几万个跟"污水罪"有关的人。

有人电鱼，有人毒鱼，这种人，留着做什么，一起弄死算了。

其他在松林中不闻天籁的，留耳何为？抱着婴儿也不闻其乳香的，留鼻何用？从来没有帮助过人的双手双脚废了也并不可惜，从来没有为阳光和空气心生感激的人，我就停止他们五分钟"空气权"让他知道厉害。

所以说，还好，幸亏我不是上帝。

世间更有人不自珍惜，或烟酒相残，或服食迷幻药，或苟且自误，或郁郁无所事事，这样的人，留智慧何用？不如一律还原成白痴，如此一来不知世间还能剩几人有头脑？

我上任上帝后，不消半年，停阳光者有之，停水、停空气者有之，而且有人缺手，有人断足，整个世界都被罚得残缺了。而人性丑陋依旧，愚鲁依旧。

让河流流经好人和坏人的门庭，这是上帝。让阳光爱抚好人和坏人的肩膀，这是上帝。不管是好人坏人，地心吸力同样将他们仁慈地留在大地上，这才是上帝的风格，并且不管世人多么迟钝蒙昧，春花秋月和朝霞夕彩会永远不知疲倦的挥霍下去，这才是上帝。

是由于那种包容和等待，那种无所不在的覆罩和承载，以及仁慈到溺爱程度的疼惜，我才安然拥有我能此刻所拥有的一切。

所有的人都该庆幸——幸亏自己不是上帝。

回首风烟

"喂，请问张教授在吗？"

电话照例从一早就聒噪起来。

"我就是。"

"嘿！张晓风！"对方的声音忽然变得又急又高又鲁直。

我愣一下，因为向来电话里传来的声音都是客气的、委婉的、有所求的。这直呼名字的作风还没听过，一时竟不知如何回答。

"你不记得我啦！"她继续用那直统统的语调，"我是李美津啦，以前跟你坐隔壁的！"

我忽然舒了一口气，怪不得，原来是她！三十年前的初中同学，对她来说，"教授"、"女士"都是多余的装饰词。对她来说，我只是那个简单的穿着绿衣黑裙的张晓风。

"我记得！"我说，"可是你这些年在哪里呀？"

"在美国，最近暑假回来。"

那天早晨我忽然变得很混乱，一个人时而抛回三十年前，时而急急奔回现在。其实，我虽是"北一女"的校友，却只读过两年，因为父亲调职，举家南迁，便转学走了，以后再也没有遇见这批同学。忙碌的生涯，使我渐渐把她们忘记了。奇怪的是，电话一来，名字一经出口，记忆又复活了，所有的脸孔和声音都逼到眼前来。时间真是一件奇妙的东西，像火车，可以向前开，也可沿着轨道倒车回去；而记忆像呼吸，吞吐之间竟连自己也不自觉。

终于约定周末下午到南京东路去喝咖啡，算是同学会。我兴奋万分地等待那一天，那一天终于来了。

走进预定的房间，第一个看到的是坐在首席的理化老师，她教我们那年师大毕业不久，短发、浓眉大眼、尖下巴，声音温柔，我们立刻都爱上她了，没想到三十年后她仍然那样娴雅端丽。和老师同样显眼的是罗，她是班上的美人，至今仍保持四十五公斤的体重。记得那时候，我真觉得她是世间第一美女，医生的女儿，学钢琴，美目雪肤，只觉世上万千好事都集中在她身上了，大二就嫁给实业巨子的独养孙子，嫁妆车子一辆接一辆地走不完，全班女同学都是伴娘，席开流水……但现在看她，才知道在她仍然光艳灿烂的美丽背后，她也曾经结结实实地生活过。财富是有脚的，家势亦有起落，她让自己从公司里最小的职员干起，熟悉公司的每一部门业务，直到现在，她晚上还去修管理学分。我曾视之为公主为天仙的人，原来也是如此脚踏实地在生活着的啊。

"喂，你的头发有没有烫?"有一个人把箭头转到迟到的我身上。

"不用，我天生鬈毛。"我一边说，一边为自己生平省下的烫发费用而得意。

"现在是好了。可是，从前，注册的时候，简直过不了关，训育组的老师以为我是趁着放假偷偷去烫过头，说也说不清，真是急得要哭。"

大家笑起来。咦？原来这件事过了三十年再拿来说，竟也是好笑好玩的了。可是当时除了含冤莫白急得要哭之外，竟毫无对策，那时会气老师、气自己、气父母遗传给了我一头怪发。

然后又谈各人的家人。李美津当年，人长得精瘦，调皮捣蛋不爱读书，如今却生了几个品学兼优的好孩子，做起富富泰泰的贤妻良母来了；魏当年画图画得好，可惜听爸爸的话去学了商，至今念念不忘美术。

"从前你们两个做墙报，一个写、一个画，弄到好晚也回不了家，我在旁边想帮忙，又帮不上。"

我怎么想不起来有这么一回事？

"国文老师常拿你的作文给全班传阅。"

奇怪，这件事我也不记得了。

记得的竟是一些暗暗的羡慕和嫉妒，例如施，她写了一篇《模特儿的独白》，让橱窗里的模特儿说话。又例如罗珞珈，她写小时候的四川，写"铜脸盆里诱人的兔肉"。我当时只觉得她们都是天纵之才。

话题又转到音乐，那真是我的暗疤啊。当时我们要唱八分之六的拍子，每次上课都要看谱试唱，那么简单的东西不会就是不会，上节课不会，下节课便得站着上，等会唱了，才可以坐下。可是，偏偏不会，就一直站着，自己觉得丢脸死了。

"我现在会了，1 23 12 32……"我一路唱下来，大家笑起来，"你们不要笑啊，我现在唱得轻松，那时候却一想到音乐课就心胆俱裂。每次罚站也是急得要哭……"

大家仍然笑。真的，原来事过三十年，什么都可以一笑了之。还有，其实理化老师也苦过一番，她教完我们不久就辞了职，嫁给一个医学生，住在酒泉街的陋巷里挨岁月。三十年过去了，医学生已成名医，分割连体婴便是老师丈夫主的刀。

体育课、童军课、大扫除都被当成津津有味的话题。"喂，你们还记不记得，腕骨有八块——叫作舟状、半月、三角、豆、大多棱、小多棱、头状、钩——我到现在也忘不了。"我说，看到她们错愕的表情，我受到鼓励，又继续挖下去，"还有国文老师，有一次她病了，我们大家去看她，她哭起来，说她宫外孕，动了手术，以后不能有小孩了，那时我们太小，只觉奇怪，没有小孩有什么好哭的呢？何况她平常又是那么要强的一个人。"

许多唏嘘，许多惊愕，许多甜沁沁的回顾，三十年已过，当时的嗔喜，当时的笑泪，当时的贪痴和悲智，此时只是咖啡杯面的一抹轻烟，所有的伤口都自然可以结疤，所有的果实都已含蕴成酒。

有人急着回家烧晚饭，我们匆匆散去。

原来，世事是可以在一回首之间成风成烟的，原来一切都可以在笑谈间作梦痕看的，那么，这世间还有什么不能宽心、不能放怀的呢？

梅 妃

梅妃，姓江名采苹，莆田人，婉丽能文，开元初，高力士使闽越选归，大见宠幸，性爱梅，帝因名曰梅妃。迨杨妃入，失宠，逼迁上阳宫，帝每念之。会夷使贡珠，乃命封一斛以赐妃，不受，谢以诗，词旨凄婉，帝命入乐府，谱入管弦，名曰一斛珠。

梅妃，我总是在想，你是一个怎样的女人。

当三千白头宫女闲坐说天宝年的时候，当一场大劫扼死了杨玉环，老衰了唐明皇，而当教坊乐工李龟年（那曾经以音乐摇漾了沉香亭繁红艳紫的牡丹的人啊！）流落在江南的落花时节里，那时候，你曾怎样冷眼看长安。

　　梅妃，江采苹，你是中国人心中渴想得发疼的一个愿望，你是痛苦中的美丽，绝望时的微焰，你是庙堂中的一只鼎，鼎上的一缕烟，无可依凭，却又那样真实，那样天恒地久地成为信仰的中心。

　　曾经，唐明皇是你的。

　　曾经，唐明皇是属于"天宝"年号的好皇帝。

　　曾经，满园的梅花连成芳香的云。

　　但，曾几何时，杨玉环恃宠入宫，七月七日长生殿，信誓旦旦的轻言蜜语，原来是可以戏赠给任何一只耳膜的，春风里牡丹腾腾烈烈煽火一般地开着，你迁到上阳宫去了，那里的荒苔凝碧，那里的垂帘寂寂。再也没有宦官奔走传讯，再也没有宫娥把盏侍宴，就这样忽然一转身，检点万古乾坤，百年身世，唯一那样真实而存在的是你自己，是你心中那一点对生命的执着。

　　士为知己者死，知己者若不可得，士岂能不是士？

　　女为悦己者容，悦己者若不可遇，美丽仍自

美丽。

是王右丞的诗，"涧户寂无人，纷纷开且落"。宇宙中总有亿万种美在生发，在辉灿，在完成，在永恒中镌下他们自己的名字。不管别人知道或不知道，别人承认或不承认。

日复一日，小鬟热心地走告：

那边，杨玉环为了掩饰身为寿王妃的事实，暂时出家做女道士去了，法名是太真。

那边，太真妃赐浴华清池了。

那边，杨贵妃编了霓裳羽衣舞了。

那边，他们在春日庭园小宴中对酌。

那边，贵妃的哥哥做了丞相。

那边，贵妃的姐姐封了虢国夫人，她骑马直穿宫门。

那边，盛传着民间的一句话："男不封侯女作妃，看女却为门上楣。"

那边，男贪女爱。

那边……

而梅妃，我总是在想，你是一个怎样的女人？

那些故事就这样传着，传着，你漠然地听着，两眼冷澈灿霜，如梅花。你隐隐感到大劫即将来到，天宝年的荣华美丽顷刻即将结束，如一团从锦缎上拆剪下来的绣坏了的绣线。

终有一年，那酡颜会萎落在尘泥间，孽缘一开头便注定是悲剧。

有一天，明皇命人送来一斛明珠，你把珠子倾出，漠然地望着那一堆滴溜溜的浑圆透亮的东西，忽然觉得好笑。

你曾哭过，在刚来上阳宫的日子，那些泪，何止一斛明珠呢？情不可依，色不可恃，现在，你不再哭了，人总得活下去，人总得自己撑起自己来，你真的笑了。拿走吧，你吩咐来人，布衣女子，也可以学会拒绝皇帝的，我们曾经真诚过，正如每颗珍珠都曾莹洁闪烁过，但也正如明珠一样，它是会发黄黯败的，拿回去吧，我恨一切会变质的东西。

拿走吧，梅花一开，千堆香雪中自有万斛明珠，拿走吧，后宫佳丽三千，谁不想分一粒耀眼生辉的玩意。

而小鬟，仍热心地走告。

那边……

事情终于发生了。

渔阳鼙鼓动地而来，唐明皇成了落荒而逃的皇帝，故事仍被絮絮叨叨地传来：

六军不发，明皇束手了。

杨国忠死了。

杨贵妃也死了——以一匹白练——在掩面无言的皇帝之前。

杨贵妃埋了，有个老太婆捡了她的袜子，并且靠着收看客的钱而发了财（多荒谬离奇的尾声）。

唐明皇回来了，他不再是皇帝，而是一个神经质的老人。

天宝的光荣全被乱马踏成稀泥了。

而冬来时，梅妃，那些攘千臂以擎住一方寒空的梅枝，肃然站在风里，恭敬地等候白色的祝福。

谢尽了牡丹，闹罢了笙歌，梅妃，你的梅花终于开了，把冰雪都感动得为之含香凝芬的梅花。

在春天的二十四番花信风之后，在夏荷秋菊之后，像是为争最后一口气，它傲然地开在那里——可是它又并不跟谁争一口气，它只是那样自自然然地开着，仿佛天地山川一样怡然，你于是觉得它就是该在那里的，大地上没有梅花才反而是一件不可思议的事。

　　邀风、邀雪、邀月，它开着，梅妃，天宝年和天宝年的悲剧会过去，唯有梅花，将天恒地久地开着。

眼神四则

眼　神

夜深了，我在看报——我老是等到深夜才有空看报，渐渐的，觉得自己不是在看新闻，而是在读历史。

美联社的消息，美国佐治亚州，一个属于WTOC的电视台摄影记者，名叫博格，二十三岁，正背着精良的器材去抢一则新闻，新闻的内容是"警察救投水女子"。如果拍得好——不管救人的结果是成功或失败——都够精彩刺激的。

凌晨三时，他站在沙凡纳河岸上，九月下旬，是已凉天气了，他的镜头对准河水，对准女子，对准警察投下的救生圈，一切紧张的情节都在灵敏的、高感度的胶卷中进行。至于年轻的记者，他自己是安全妥当的。

可是，突然间，事情有了变化。

博格发现镜头中的那女子根本无法抓住救生圈——并不是有了救生圈，溺水的人就会自然获救的。博格当下把摄影机一丢，急急跳下河去，游了四十米，把挣扎中的女人救了上来。

"我一弄清楚他们救不起她来，就不假思索地往河里跳下去。她在那里，她情况危急，我去救她，这是最自然不过的事！"他说。

那天清晨，他空手回到电视台，他没有拍到新闻；他自己成了新闻。

我放下报纸望着窗外的夜色出神。故事前半部的那个记者，多像我和我所熟悉的朋友啊！拥有专业人才的资格，手里拿着精良准确的器材，负责描摹记录纷然杂陈的世态，客观冷静，按时交件，工作效率惊人且无懈可击。

而今夜的博格却是另一种旧识，怎样的旧识

呢？是线装书里说的人溺己溺的古老典型啊！学院的训练无非在归纳、演绎、分析、比较中兜圈子，但沙凡纳河上的那记者却纵身一跃，在凌晨的寒波中抢回一条几乎僵冷的生命——整个晚上我觉得暖和而安全，仿佛被救的是我，我那本质上容易负伤的沉浮在回流中的一颗心。整个故事虽然发生在一条我所不认识的河上，虽然是一个我所不认识的人救了另一个我所不认识的人，但接住了那温煦美丽眼神的，却是我啊！

枯茎的秘密

秋凉的季节，我下决心把家里的"翠玲珑"重插一次。经过长夏的炙烤，叶子早已疲老殰绿，让人怀疑活着是一项巨大艰困而不快乐的义务。现在对付它唯一的方法就是拔掉重插了。原来植物里也有火凤凰的族类，必须经过连根拔起的手续，才能再生出流动欲滴的翠羽。搬张矮凳坐在前廊，我满手泥污地干起活来，很像有那么回事的样子。秋天的播种让人有"二期稻作"的喜悦，平白可以多赚额外一季绿色呢！我大约在本质上还是农夫吧？虽然我可怜的田园全在那小钵小罐里。

拔掉了所有的茎蔓，重捣故土，然后一一摘芽重插，大有重整山河的气概，可是插着插着，我的手慢下来，觉得有点吃惊……

故事的背景是这样的，选上这种"翠玲珑"来种，是因为它出身最粗贱，生命力最泼旺，最适合忙碌而又渴绿的自己。想起来，就去浇一点水，忘了也就算了。据说这种植物有个英文名字叫"流浪的犹太人"，只要你给它一口空气、一撮干土，它就坚持要活下去。至于水多水少向光背光，它根本不争，并且仿佛曾经跟主人立过切结书似的，非殷殷实实地绿给你看不可！

此刻由于拔得干净，才大吃一惊发现这个家族里的辛酸史，原来平时执行绿色任务的，全是那些第二代的芽尖。至于那些芽下面的根茎，却早都枯了。

枯茎短则半尺，长则尺余，既黄又细，是真正的"气若游丝"，怪就怪在这把干瘪丑陋的枯茎上，分别还从从容容地长出些新芽来。

我呆看了好一会，直觉地判断这些根茎是死了，它们用代僵的方法把水分让给了下一代的小芽——继而想想，也不对，如果它死了，吸水的功能就没有了，那就救不了嫩芽了，它既然还能供应水分，可见还没有死，但干成这样难道还不叫死吗？想来想去，不得其解，终于认定它大约是死了，但因心有所悬，所以竟至忘记自己已死，还一径不停地输送水分，像故事中的沙场勇将，遭人拦腰砍断，犹不自知，还一路往前冲杀……

天很蓝，云很淡，风微微作凉，我没有说什么，"翠玲珑"也没有说什么，我坐在那里，像接触一份秘密文件似的，觉得一部翠玲珑的家族存亡续绝史全摊在我面前了。

那天早晨我把绿芽从一条条烈士形的枯茎上摘下来，一一重插，仿佛重缔一部历史的续集。

"再见！我懂得，"我替绿芽向枯茎告别，"我懂得你付给我的是什么，那是饿倒之前的一口粮，那是在渴死之先的一滴水，将来，我也会善待我们的新芽的。"

"去吧！去吧！我们等的就是这一天啊！"我又忙着转过来替枯茎说话，"活着是重要的，一切好事总要活着才能等到，对不对？你看，多好的松软的新土！去吧，去吧，别伤心，事情就是这样的，没什么，我们可以瞑目了……"

在亚热带，秋天其实只是比较忧郁却又故作爽飒的春天罢了，插下去的翠玲珑十天以后全都认真地长高了，屋子里重新有了层层新绿。相较之下，以前的绿仿佛只是模糊的概念，现在的绿才是鲜活的血肉。不知道冬天什么时候来，但能和一盆盆翠玲珑共同拥有一段温馨的秘密，会使我自己在寒流季节也生意盎然的。

黑发的巨索

看完大殿，我们绕到后廊上去。

在京都奈良一带，看古寺几乎可以变成一种全力以赴的职业，早上看，中午看，黄昏看，晚上则翻查数据并乖乖睡觉，以便养足精神第二天再看……我有点怕自己被古典的美宠坏了，我怕自己因为看惯了沉黯的大柱、庄严的飞檐而终于浑然无动了。

那一天，我们去的地方叫东本愿寺。

大殿里有人在膜拜，有人在宣讲。院子里鸽子缓步而行，且不时到仰莲般的贮池里喝一口水。梁间燕子飞，风过处檐角铃声铮然，我想起盛唐……

也许是建筑本身的设计如此，我不知自己为什么给引到这后廊上来，这里几乎一无景观，我停在一只大柜子的前面，无趣的老式大柜子，除了脚架大约有一人高，四四方方，十分结实笨重，柜子里放着一团脏脏旧旧的物事。我仔细一看，原来是一捆粗绳，跟臂膀一般粗，缠成一圈复一圈的圈形，直径约一米，这种景象应该出现在远洋船只进出的码头上，怎么会跑到寺庙里来呢？

等看了说明卡片，才知道这种绳子叫"毛纲"，"毛纲"又是什么？我努力去看说明，原来这绳子极有来历：那千丝万缕竟全是明治年间女子的头发。当时建寺需要大材，而大材必须巨索来拉，而巨索并不见得坚韧，村里的女人于是便把头发剪了，搓成百尺大绳，利用一张大橇，把极重的木材一一拖到工地……

美丽是什么？是古往今来一切坚持的悲愿吧？是一女子在落发之际的凛然一笑吧？是将黑丝般的青发委弃尘泥的甘心捐舍吧？是一世一世的后人站在柜前的心惊神驰吧？

所有明治年间的美丽青丝岂不早成为飘飞的暮雪，所有的暮雪岂不都早已随着苍然的枯骨化为滓泥？独有这利剪切截的愿心仍然千回百绕，盘桓如曲折的心事。信仰是什么？那古雅木造结构说不完的，让沉沉的黑瓦去说，黑瓦说不尽的，让飞檐去说，飞檐说不清的，让梁燕去说，至于梁燕诉不尽的、廓然的石板前庭形容不来的、贮水池里的一方暮云描摹不出的以及黄昏梵唱所勾勒不成的，却让万千女子青丝编成的巨索一语道破。

想起京都，我总是想起那绵长恒存如一部历史的结实的发索。

不必打开的画幅

"唉，我来跟你说一个我的老师的故事。"他说。

他是美术家，七十岁了，他的老师想必更老吧？"你的老师，"我问，"他还活着吗？"

"还活着吧，他的名字叫庞薰琹，大概八十多岁了，在北平。"

"你是在杭州美专的时候跟他的吗？那是哪一年？"

"不错，那是一九三六年。"

我暗自心惊，刚好半个世纪呢！我不禁端坐以待。下面便是他牢记了五十年而不能忘的故事：

　　庞先生是早期留法的，在巴黎，画些很东方情调的油画，画着画着，也画了九年了。有一天，有人介绍他认识当时一位非常出名的老评论家，相约到咖啡馆见面。年轻的庞先生当然很兴奋很紧张，兴冲冲地抱了大捆的画去赴约。和这样权威的评论家见面，如果作品一经品题，那真是身价百倍，就算被指拨一下，也会受教无穷。没想到人到了咖啡馆，彼此见过，庞先生正想打开画布，对方却一把按住，说：

　　"不急，我先来问你两个问题——第一，你几岁出国的？第二，你在巴黎几年了？"

　　"我十九岁出国，在巴黎待了九年。"

　　"嗯，如果这样，画就不必打开了，我也不必看了，"评论家的表情十分决绝而没有商量的余地，"你十九岁出国，太年轻，那时候你还不懂什么叫中国。巴黎九年，也嫌太短，你也不知道什么叫西方——这样一来，你的画里还有什么可看的？哪里还需要打开？"

年轻的画家当场震住，他原来总以为自己不外受到批评或得到肯定，但居然两者都不是，他的画居然是连看都不必看的画，连打开的动作都嫌多余。

那以后，他认真地想到束装回国，以后他到杭州美专教画，后来还试着用铁线描法画苗人的生活，画得极好。

听了这样的事，我噤默不能赞一词，那名满巴黎的评论家真是个异人。他平日看了画，固有卓见，此番连不看画，也有当头棒喝的惊人之语。

但我——这五十年后来听故事的人——所急切的和他却有一点不同，他所说的重点在于东方、西方的无知无从，我所警怵深惕的却是由于无知无明而产生的情无所钟、心无所系、意气无所鼓荡的苍白凄惶。

但是被这多芒角的故事擦伤，伤得最疼的一点却是：那些住在自己国土上的人就不背井离乡了吗？像塑胶花一样繁艳夸张、毫不惭愧地成为无所不在的装饰品，却从来不知在故土上扎根布须的人到底有多少呢？整个一卷生命都不值得打开一看的，难道仅仅只是五十年前那流浪巴黎的年轻画家的个人情节吗？

一山昙华

"你们来晚了！"

我老是听到这句话。

旅行世界各地，总是有热心的朋友跑来告诉你这句话。

于是，我知道，如果我去年就来，我可以赶上一场六十年来仅见的瑞雪；或者如果一个月前来，丁香花开如一片香海；或者十天以前来，有一场热闹的庙会；一星期以前来，正逢热气球大赛；二天以前是啤酒节……

开头的时候，听到这样的话，忍不住跌足叹息，自伤命苦，久了，也就认了。知道有些好事情，是上天赏给当地居民的。旅客如果碰上了，是万幸；碰不上，是理所当然。凭什么你把"花枝春满"、"天心月圆"的好景都碰上了？

因此，我到夏威夷，听朋友说"满山昙花都开了——好像是上个礼拜某个夜里"，心里也只觉坦然，一面促他带我们仍去看看，毕竟花谢了山还在。

到得山边，不禁目瞪口呆，果真是满满一山仙人掌，果真每棵仙人掌都垂下一朵大大的枯萎的花苞。遥想上个礼拜千朵万朵深夜竞芳时，不知是如何热闹熙攘的局面。而此刻，我仿佛面对三千位后宫美女——三千位垂垂老去的美女，努力揣想她们当年如何风华正茂……

如果不是事先听友人说明，此刻我也未必能发现那些残花。花朵开时，如敲锣如打鼓，腾腾烈烈，声震数里，你想不发现也难。但花朵一旦萎谢，则枝柯间忽然幽阒如墓地，你只能从模糊的字迹里去辨认昔日的王侯将相才子佳人。

此时此刻，说不憾恨是假的，我与这一山昙华，还未见面，就已诀别。

但对这种憾恨我却早已经"习惯"了，人本来就不是有权利看到每一道彩虹的。王羲之的兰亭雅集我没赶上，李白宴于春夜桃李园我也没赶上。就算我能逆时光隧道赶回一千多年去参加，他们也必然因为我的女性身份而将我峻拒门外。是啊，不是所有的好事都是我可以碰上的，哥伦布去新大陆没带我同行，莎士比亚《李尔王》的首演日我没接到招待券，而地球的启动典礼上帝也没让我剪彩……反正，是好事，而被我错过的，可多着呢！这一山白灿灿的昙花又算什么！

　　我呆呆站在山前，久久不忍离去，这一山残花虽成往事，但面对它却可以容我驰无穷之想象，想一周前的某个深夜，满山花开如素烛千盏，整座山燃烧如月下的烛台，那夜可有人是知花之人？可有心是惜香之心？

　　凡眼睛无福看见的，只好用想象去追踪揣摩。凡鼻子不及嗅闻的，只好用想象去填充臆测。凡手指无缘接触的，也只得用想象去弥补假设——想象使我们无远弗届。

我曾淡忘无数亲眼所见的美景，反而牢牢记住了夏威夷岛上不曾见识过的一山昙华。这世间，究竟什么才叫拥有呢?

我在

　　记得是小学三年级，偶然生病，不能去上学，于是抱膝坐在床上，望着窗外寂寂青山、迟迟春日，心里竟有一份巨大幽沉至今犹不能忘的凄凉。当时因为小，无法对自己说清楚那番因由，但那份痛，却是记得的。

　　为什么痛呢？现在才懂，只因你知道，你的好朋友都在那里，而你偏不在，于是你痴痴地想，他们此刻在操场上追追打打吗？他们在教室里挨骂吗？他们到底在干什么啊？不管是好是歹，我想跟他们在一起啊！一起挨骂挨打都是好的啊！

　　于是，开始喜欢点名，大清早，大家都坐得好好的，小脸还没有开始脏，小手还没有汗湿，老师说："×××。"

"在!"

正经而清脆,仿佛不是回答老师,而是回答宇宙乾坤,告诉天地,告诉历史,说,有一个孩子"在"这里。

回答"在"字,对我而言总是一种饱满的幸福。

然后,长大了,不必被点名了,却迷上旅行。每到山水胜处,总想举起手来,像那个老是睁着好奇圆眼的孩子,回一声:"我在。"

"我在"和"某某到此一游"不同,后者张狂跋扈,目无余子,而说"我在"的仍是个清晨去上学的孩子,高高兴兴地回答长者的问题。

其实人与人之间,或为亲情或为友情或为爱情,哪一种亲密的情谊不能基于我在这里,刚好,你也在这里的前提?一切的爱,不就是"同在"的缘分吗?就连神明,其所以神明,也无非由于"昔在、今在、恒在",以及"无所不在"的特质。而身为一个人,我对自己"只能出现于这个时间和空间的局限"感到另一种可贵，仿佛我是拼图板上扭曲奇特的一块小形状，单独看，毫无意义，及至恰巧嵌在适当的时空，却也是不可少的一块。天神的存在是无始无终浩浩莽莽的无限，而我是此时际此山此水中的有情和有觉。

有一年，和丈夫带着一团的年轻人到美国和欧洲去表演，我坚持选崔颢的《长干曲》作为开幕曲，在一站复一站的陌生城市里，舞台上碧色绸子抖出来粼粼水波，唐人乐府悠然导出：

君家何处走，妾住在横塘。
停船暂借问，或恐是同乡。

渺渺烟波里，只因错肩而过，只因你在清风我在明月，只因彼此皆在这地球，而地球又在太虚，所以不免停舟问一句话，问一问彼此隶属的籍贯，问一问昔日所生、他年所葬的故里。那年夏天，我们也是这样一路去问海外中国人的隶属所在的啊！

《旧约》里记载了一则三千年前的故事，那时老先知以利因年迈而昏聩无能，坐视宠坏的儿子横行，小先知撒母耳却仍是幼童，懵懵懂懂地穿件小法袍在空旷的大圣殿里走来走去。然而，事情发生了，有一夜他听见轻声的呼唤："撒母耳！"

他虽渴睡却是个机警的孩子，跳起来，便跑到老人以利面前："你叫我，我在这里！"

"我没有叫你，"老态龙钟的以利说，"你去睡吧！"

孩子躺下，他又听到相同的叫唤："撒母耳！"

"我在这里，是你叫我吧?"他又跑到以利跟前。

"不是，我没叫你，你去睡吧。"

第三次他又听见那召唤的声音，小小的孩子实在给弄糊涂了，但他仍然尽快跑到以利面前。

老以利蓦然一惊，原来孩子已经长大了，原来他不是小孩子梦里听错了话，不，他已听到第一次天音，他已面对神圣的召唤。虽然他只是一个稚弱的小孩，虽然他连什么是"天之钟命"也听不懂，可是，旧时代毕竟已结束，少年英雄会受天承运挑起八方风雨。

"小撒母耳，回去吧！有些事，你以前不懂，如果你再听到那声音，你就说：'神啊！请说，我在这里。'"

撒母耳果真第四度听到声音，夜空烁烁，廊柱耸立如历史，声音从风中来，声音从星光中来，声音从心底的潮声中来，来召唤一个孩子。撒母耳自此至死，一直是个威仪赫赫的先知，只因多年前，当他还是稚童的时候，他答应了那声呼唤，并且说："我，在这里。"

我当然不是先知，从来没有想做"救星"的大志，却喜欢让自己是一个"紧急待命"的人，随时能说"我在，我在这里"！

这辈子从来没喝得那么多，大约是一瓶啤酒吧，那是端午节的晚上，在澎湖的小离岛。为了纪念屈原，渔人那一天不出海，小学校长陪着我们和家长会的朋友吃饭，对着仰着脖子的敬酒者你很难说"不"。他们喝酒的样子和我习见的学院人士大不相同，几杯下肚，忽然红上脸来，原来酒的力量

259

竟是这么大的。起先，那些宽阔黧黑的脸不免不自觉地有一份面对台北人和读书人的卑抑，但一喝了酒，竟人人急着说起话来，说他们没有淡水的日子怎么苦，说淡水管如何修好了又坏了，说他们宁可倾家荡产，也不要天天开船到别的岛上去搬运淡水……

而他们嘴里所说的淡水，在台北人看来，也不过是咸涩难咽的怪味水罢了——只是于他们却是遥不可及的美梦。

我们原来只是想去捐书，只是想为孩子们设置阅览室，没有料到他们红着脸粗着脖子叫嚷的却是水！这个岛有个好听的名字，叫"鸟屿"，岩岸是美丽的黑得发亮的玄武石组成的。浪大时，水珠会跳过教室直落到操场上来，澄莹的蓝波里有珍贵的丁香鱼，此刻餐桌上则是酥炸的海胆，鲜美的小鳝……然而这样一个岛，却没有淡水。

我能为他们做什么？在同盏共饮的黄昏，也许什么都不能，但至少我在这里，在倾听，在思索我能做的事……

读书，也是一种"在"。

有一年，到图书馆去，翻一本《春在堂笔记》，那是俞樾先生的集子，红绸精装的封面，打开封底一看，竟然从来也没人借阅过，真是"古来圣贤皆寂寞"啊！心念一动，便把书借回家去。书在，春在，但也要读者在才行啊！我的读书生涯竟像某些人玩"碟仙"，仿佛面对作者的精魄。对我而言，李贺是随召而至的，悲哀悼亡的时刻，我会说："我在这里，来给我念那首《苦昼短》吧！念'吾不识青天高，黄地厚，唯见月寒日暖，来煎人寿'。"读那首韦应物的《调笑令》的时候，我会轻声地念："胡马胡马，远放燕支山下。跑沙跑雪独嘶，东望西望路迷。迷路迷路，边草无穷日暮。"一面觉得自己就是那从唐朝一直狂弛至今不停的战马，不，也许不是马，只是一股激情，被美所迷，被莽莽黄沙和胭脂红的落日所震慑，因而心绪万千，不知所止的激情。

看书的时候，书上总有绰绰人影，其中有我，我总在那里。

《旧约·创世纪》里，堕落后的亚当在凉风乍至的伊甸园把自己藏匿起来。上帝说："亚当，你在哪里？"

他噤而不答。

如果是我，我会走出，说："上帝，我在，我在这里，请你看着我，我在这里。不比一个凡人好，也不比一个凡人坏，我有我的逊顺祥和，也有我的叛逆凶戾，我在我无限的求真求美的梦里，也在我脆弱不堪一击的人性里。上帝啊，俯察我，我在这里。"

"我在"，意思是说我出席了，在生命的大教室里。

几年前，我在山里说过的一句话容许我再说一遍，作为终响："树在。山在。大地在。岁月在。我在。你还要怎样更好的世界？"

图书在版编目（CIP）数据

遇见 / 张晓风著. — 成都：四川人民出版社，
2022.11
ISBN 978－7－220－12805－9

Ⅰ.①遇… Ⅱ.①张… Ⅲ.①散文集－中国－当代
Ⅳ.①I267

中国版本图书馆 CIP 数据核字（2022）第 174014 号

YU JIAN
遇　见

张晓风　著

出 品 人	黄立新
责任编辑	刘姣娇
责任校对	刘　静
装帧设计	张迪茗
责任印制	祝　健
出版发行	四川人民出版社（成都三色路 238 号）
网　　址	http://www.scpph.com
E-mail	scrmcbs@sina.com
新浪微博	@四川人民出版社
微信公众号	四川人民出版社
发行部业务电话	（028）86361653　86361656
防盗版举报电话	（028）86361653
照　　排	四川胜翔数码印务设计有限公司
印　　刷	四川机投印务有限公司
成品尺寸	145mm×210mm
印　　张	8.5
字　　数	150 千
版　　次	2023 年 1 月第 1 版
印　　次	2023 年 1 月第 1 次印刷
书　　号	ISBN 978－7－220－12805－9
定　　价	58.00 元